民国诗学论著丛刊

元明散曲小史

叶嘉莹 主编
陈斐 执行主编

梁乙真 著
王瑜瑜 整理

文化艺术出版社
Culture and Art Publishing House

图书在版编目（CIP）数据

元明散曲小史 / 梁乙真著；王瑜瑜整理 . —北京：文化艺术出版社，2017.2
（民国诗学论著丛刊 / 叶嘉莹主编，陈斐执行主编）
ISBN 978-7-5039-6238-7

Ⅰ . ①元 ⋯ Ⅱ . ①梁 ⋯ ②王 ⋯ Ⅲ . ①散曲—文学史—中国—元代 ②散曲—文学史—中国—明代 Ⅳ . ①1207.24

中国版本图书馆 CIP 数据核字（2017）第 007832 号

元明散曲小史
（民国诗学论著丛刊）

主　　编	叶嘉莹
执行主编	陈　斐
著　　者	梁乙真
整 理 者	王瑜瑜
丛书统筹	陶　玮
责任编辑	蔡宛若
版式设计	顾　紫
出版发行	文化艺术出版社
地　　址	北京市东城区东四八条52号　（100700）
网　　址	www.caaph.com
电子邮箱	s@caaph.com
电　　话	（010）84057666（总编室）84057667（办公室） （010）84057696—84057699（发行部）
传　　真	（010）84057660（总编室）84057670（办公室） （010）84057690（发行部）
经　　销	新华书店
印　　刷	国英印务有限公司
版　　次	2018年8月第1版
印　　次	2018年8月第1次印刷
印　　张	12
字　　数	210千字
开　　本	880毫米×1230毫米　1/32
书　　号	ISBN 978-7-5039-6238-7
定　　价	48.00元

本丛刊个别作者未能取得联系，请相关人士尽快与我社联系办理版权事宜。
联系电话：（010）84057672　（010）84057604

整理说明

一、本丛刊抱着"发潜德之幽光，启来哲以通途"的宗旨，主要选刊民国时期（1912—1949）成书的、学术价值或普及价值较高的、与诗词曲等广义的古典诗歌相关的论著。少数与诗歌密切相关的文学理论、文学批评、文学史著作，或成书于晚清的有价值的此类著作，以及同时期相关的汉学著作，亦适当收录。诗话、词话及新诗研究论著等，因为已有相关大型文献资料集出版或列入出版计划，故暂且不予收录。

二、本丛刊秉持开放包容的态度，期望较为全面地呈现民国诗学研究的多元气象；按照撰著内容和体例，大致分为"史论编""法度编""选注编"等编，分辑滚动推出，每编每辑十种左右；优先选刊1949年以后没有点校、整理过的著作，以节约出版资源。

三、每部拟刊论著，我们都约请相关专家进行整理，并在前面撰写一篇"导读"，介绍该著的作者生平、成书经过、学术背景、主要观点、诗学价值、社会影响等，以引导读者更好地理解原著。

四、整理时，以原著内容最全、文字最精的版本为底本，参校其他版本（如手稿本、期刊连载版等）和相关书籍，修订原版讹误，参照古籍整理规范出校勘记。校勘一般只校是非，不校异同。凡底本"误脱衍倒"者，皆据他本或他书订正，并出校记。引文与所引著作之通行本文字不同者，只要文意顺畅，亦读得通，一般不改动原文、不出校记。显著的版刻错误，如笔画讹误、不见字书者，或"日曰""末未""己已巳""戊戌戍"混同之类，如果根据上下文足以断定是非，一律径改，不出校记。注文中的魏妥玛注音，统一改为现代汉语拼音，但不出校记。为避烦琐，校记中征引他书，仅注明书名及页码，卷末另附"本次整理征引文献"，详列作者、书名、出版社、出版年等信息。

　　五、原版为繁体竖排，现统一改为简体横排，并参照最新版国标《标点符号用法》及古籍整理规范加以新式标点。繁体字、异体字一般改为规范的简体字；容易引起误解的人名、地名用字，通假字或民国时期特有的虚词（如"底"）等，则保留原貌。因版式改动，原版行文中提到的"右文""如左""左表"等，统改为"上文""如下""下表"等。

　　六、一些论著提到的外国人名、地名、书名等，译法与今日或有不同，为保存原貌，不作改动。个别论著的极少数提法，或有一定时代局限性，为保存原貌，亦不作删改，望读者鉴之。

　　七、我们的整理目标是争取形成可以传世的、雅俗共赏的"新定本"，但古人云："校书如扫落叶，旋扫旋生。"尽管我们俛勉从事，或疏漏在所难免，恳请方家赐正。

总序

1912年清帝逊位至1949年中华人民共和国成立，一般称为民国时期。这一时期，虽然政局不稳、战乱频仍、民生凋敝，但思想、学术、文化却自由活跃、异彩纷呈。主编过"中国现代学术经典"丛书的刘梦溪先生认为："中国现代学术在后'五四'时期所创造的实绩，使我们相信，那是清中叶乾嘉之后中国学术的又一个繁盛期和高峰期。而当时的一批大师巨子……得之于时代的赐予，在学术观念上有机会吸收西方的新方法，这是乾嘉诸老所不具备的，所以可说是空前。而在传统学问的累积方面，也就是家学渊源和国学根底，后来者怕是无法与他们相比肩了。"[1]

的确，民国学人撰写的学术论著，虽然限于物质条件和学科发展水平，有些知识需要更新，有些观点有待商榷，有些论述还要深化……但仍然接续、充盈着中国固有学术的人文义脉和精魂，更具有为国家民族谋求出路、积极参与当前文化建设的现实关怀，更具有贯通古今、融会中西、打通文史哲、将创

---

[1] 刘梦溪：《中国现代学术要略》，生活·读书·新知三联书店2008年版，第123—124页。

作和研究相结合的开阔视野和博通气象,更具有"文章千古事,得失寸心知"(杜甫《偶题》)的传世期许和实事求是、惜墨如金的朴茂之风。这在人文学术研究显现出"技术化""边缘化""碎片化""泡沫化"等不良倾向的今天,颇有借鉴意义。而且,那时的不少论著奠定了后续研究的基本框架,不管就论析之精辟还是与史实之契合而言,都具有较高的学术价值。《中国诗学》主编蒋寅先生即深有感触地说:"最近为撰写关于本世纪中国诗学研究史的论文,我读了一批民国年间的学术著作。我很惊异,在半个世纪前,我们的前辈已将某些领域(比如汉魏六朝诗歌)的研究做到那么深的境地。虽然著作不太多,却很充实。相比之下,80年代以来的研究,实际的成果积累与文献的数量远不成比例。满目充斥的商业性写作和哗众取宠的、投机取巧的著作,就不必谈了,即使是真诚的研究——姑且称之研究吧,也存在着极其庸滥的情形。从浅的层次说,是无规则操作,无视他人的研究,自说自话,造成大量的低层次重复。从深层次说,是完全缺乏知识积累的基本学术理念……许多论著不是要研究问题,增加知识,而是没有问题,卖弄常识。"[1]

陈寅恪先生曾将佛学刺激、影响下新儒学之产生、传衍看作秦以后思想史上的一"大事因缘"[2]。近代以来的大事因缘,

---

[1] 蒋寅:《热闹过后的审视》,载《文学评论》1996年第5期。
[2] 参见陈寅恪《冯友兰中国哲学史下册审查报告》,《金明馆丛稿二编》,生活·读书·新知三联书店2015年版,第282页。

无疑是在西学的刺激、影响下发展本土学术。中国传统学术需要外来学说、理论的刺激与拓展，既是谁也阻挡不了的必然趋势，也是时代惠赐的绝佳良机。中华民族一向不善于推理思辨，更看重文学的实用价值、追求纵情直观的欣赏。中国语文亦单体独文、组词成句时颇富颠倒错综之美。而且，古代书写、版刻相对比较困难，文人往往集评论者、研究者、作者、读者等多重身份于一体，彼此间具有"共同的阅读背景、表达习惯、思维方式、感受联想"[1]等等。凡此种种，决定了"中国文学批评的特色乃是印象的而不是思辨的，是直觉的而不是理论的，是诗歌的而不是散文的，是重点式的而不是整体式的"[2]。反映在著述形态中，便是多从经验、印象出发，以诗话、序跋、评点、笔记、札记等相对零碎的形式呈现，带有笼统性和随意性，缺乏实证性和系统性。近代以来，不少有识之士如梁启超、王国维等先生，在西学的熏沐、刺激下憬然而醒，积极汲取西方理论和方法，为中国传统学术研究开辟出一片崭新的天地。胡适、傅斯年等民国学人沿着他们的足迹，在"救亡图存"的时代旋律鼓动下，掀起蓬蓬勃勃的"新文化运动"，更加全面地引入西方理论、观念、方法、话语等，按照各自的理解和方式应用在"整理国故"实践中，在西学的参照下重建起现代学术。此后中国学术的发展，大体是在他们奠定的基础上拓展、深化。

---

[1] 叶嘉莹：《王国维及其文学批评》，北京大学出版社2014年版，第118页。
[2] 同上书，第111页。

民国学人的开辟、奠基之功,可谓大矣!

　　中华民族素来以"承百代之流而会乎当今之变"(郭象注《庄子·天运》语)的观点看待历史和当下的关系。[1]我们生逢今日之世,接续传统、回应西学,实为需要承担的一体两面之重任,缺一不可:对自己的文化传统没有继承,就没有东西和别人交流,永远趴在地上拾人遗穗,甚或没有鉴别力,将"洋垃圾"当"珍宝"供奉;而故步自封、无视西学,又会错失时代赋予我们的创新良机,治学难以"预流"。[2]相对而言,经历了百余年欧风美雨的冲刷和众所周知的劫难之后,如何接续传统越来越成了问题。特别是改革开放以来,学术界和出版界携手,大量译介西方人文社会科学理论著作和海外汉学研究论著,如影响颇大的"汉译世界学术名著"和"海外中国研究"丛书等,皆有数百种之多。这些论著的译介,于本土人文学术研究开拓视域、更新方法等功不可没,但同时,学界也仿佛患了"失语症",出现一味模仿海外汉学风格的不良倾向。"只要西方思想

---

[1] 参见刘家和《史学在中国传统学术中的地位》,《史学、经学与思想:在世界史背景下对于中国古代历史文化的思考》,北京师范大学出版社2005年版,第88页。

[2] 这里借用陈寅恪先生的说法。陈先生治学,有强烈的"预流"意识,在《陈垣敦煌劫余录序》一文中他说:"一时代之学术,必有其新材料与新问题。取用此材料,以研求问题,则为此时代学术之新潮流。治学之士,得预于此潮流者,谓之预流(借用佛教初果之名)。其未得预者,谓之未入流。此古今学术史之通义,非彼闭门造车之徒,所能同喻者也。"(陈寅恪:《金明馆丛稿二编》,第266页。)

稍有风吹草动（主要还是从美国转贩的），便有人"兴风作浪一番，而且立即用之于中国书的解读上面"[1]。这种模仿或套用，不仅体现在研究方法和论题选择上，有时甚或反映在价值取向和情感认同中。有学者将这称为"汉学心态"，提到文化上的"自我殖民化"的高度予以批判。[2]在此背景下，自言"一生受的教育都是西方文化影响下的'新学'教育"的费孝通先生，晚年阅读陈寅恪、梁漱溟、钱穆等前辈的著作，敏锐思考和回应信息交流愈来愈便捷的全球化时代民族文化转型的挑战，提出了"文化自觉"这个获得广泛共鸣的议题，呼吁当下最紧迫的是培养"能够把有深厚中国文化根底的老一代学者的学术遗产继承下来的队伍"[3]。学术是文化的核心，"学术自觉"是"文化自觉"的应有之义和关键所在。近年哲学界"中国哲学合法性"、文学界"传统文论的现代转化"、美术界"构建中国美术观"等讨论颇热的话题，皆可看作本土"学术自觉"的表征，共同汇聚成"构建中国特色哲学社会科学"这一时代命题。[4]站在这样的角度考虑问题，民国学人的论著无疑可以给我们带来丰

---

[1] 余英时：《怎样读中国书》，《余英时文集》第8卷，广西师范大学出版社2014年版，第395页。
[2] 参见包伟民《走出"汉学心态"：中国古代历史研究方法论刍议》（载《中国社会科学评价》2015年第3期）、顾明栋《汉学与汉学主义：中国研究之批判》（载《南京大学学报》2010年第1期）等文。
[3] 费孝通：《关于"文化自觉"的一些自白》，载《学术研究》2003年第7期。
[4] 参见习近平《在哲学社会科学工作座谈会上的讲话》，载《人民日报》2016年5月19日。

富的启示。

民国时期是中国社会从传统到现代的转型期，中西思想文化、旧学新知碰撞、交融发生的"化合"反应，远比我们想象的要复杂得多：既有固守传统观念、家数者，也有采用新观念、新方法者，还有似新却旧、似旧还新、新旧间杂者……只不过长期以来，在"西学东渐"的大背景下，我们对这段学术史的梳理、回顾往往彰显、肯定的是那些和西学类似的论著及面相。然而，在构建中国特色哲学社会科学、提升理论创新能力成为时代命题的崭新历史条件下，恰恰是那些被遮蔽的论著及面相，更具有参考价值。因为治学如积薪，以对西学的理解、借用而言，我们已后来居上，倒是这些论著在古今中西的通观视域中，坚守民族文化本位立场，汲取西方学术优长，进而促进优秀传统文化创造性转化和创新性发展的尝试和努力，长期以来被以"保守""落后"的判词给予了冷眼、否定，今天值得换一种眼光、花点工夫好好提炼、总结，因为这正是我们构建中华自身学术体系的可能萌蘖。诗学研究因为与创作体验、母语特性、民族心理、文化基因等关系更为密切，这方面的借鉴意义显得尤其迫切、突出。

我们欣喜地看到，最近几年，喜欢欣赏、创作诗词的朋友在逐渐增多，中小学加大了诗词教学比重，《中共中央关于繁荣发展社会主义文艺的意见（2015年10月3日）》亦强调"做好古籍整理、经典出版、义理阐释、社会普及工作"，加强对中华诗词出版物的扶持。[1] 全社会越来越意识到诗词之于陶冶情操、净化风气、传承中华优秀文化基因的重要性。不过，我们也要清醒地认识诗词传承面临的严峻形势。毋庸讳言，当下诗词氛围已十分稀薄，能够切理餍心、鞭辟入里地解说诗词或将诗词写得地道的人非常罕见。大多数从事诗学研究的学者已不再创作，现行评价、考核体系要求于他们的，不过是从外部审视、抽绎出种种文学史知识，这很难说能触及中华诗词的真血脉、真精魂。在此情势下，与其组织人马"炮制"一些隔靴搔痒、搬来搬去的"新著"，不如将传统文化氛围还很浓郁、诗词仍以"活态"传承着的民国时期诞生的有价值的论著重新整理出版：一方面，使饱含着先辈心血的精金美玉不至于湮没在历史的尘埃中；另一方面，也使当下喜欢诗词的朋友得识门径，由此解悟。这里特别需要说明的是，任何艺术都有一定的规则、法度，中华诗词的欣赏、创作亦然。初学者尤其需要通过深入浅出、简明扼要的入门书籍指引，掌握规则、法度。然而，又没有万能之法，"在丰富生动的创作实践中，任何'法'都会有失灵的时候；面对浩如烟海的作品，任何'法'都会有反例存在"[2]。由"法"达到对"法"的超越，进而"以无法为法"（纪昀《唐人试律说·序》），"行乎其所不得不行，止乎其所不得不止。

---

[1] 参见《中共中央关于繁荣发展社会主义文艺的意见（2015年10月3日）》，载《人民日报》2015年10月20日。
[2] 陈斐：《南宋唐诗选本与诗学考论》，大象出版社2013年版，第208页。

无用法之迹，而法自行乎其中"（李锳《诗法易简录》），才是中华诗词欣赏、创作的向上之路，希望大家于此措意焉。

近年来，随着逐渐升温的"国学热""民国热"，诸家出版社纷纷重版民国国学研究著作，陆续推出了不少丛书，如东方出版社的"民国学术经典文库"、江苏文艺出版社的"北斗丛书"、吉林人民出版社的"大师国学馆"、岳麓书社的"民国学术文化名著"、知识产权出版社的"民国文丛"、中国社会科学出版社的"民国学术经典丛书"等。这些丛书虽然也涉及了诗学论著，但往往是王国维《人间词话》、龙榆生《中国韵文史》、吴梅《词学通论》等少数几部。其实，还有很多具有较高学术价值或普及价值的民国诗学论著，1949年以后从来没有点校重版过。最近几年出版的"民国时期文学研究丛书""民国诗歌史著集成""民国诗词作法丛书""民国诗词学文献珍本整理与研究"等丛刊，虽然较为集中地收录了民国诗学研究某一体式或某一领域的论著，但或影印或繁体重排，都没有校勘记，且大多不零售，定价普遍较高，虽有功学界，然不便普及。有鉴于此，我们拟选编整理一套兼顾学术性和普及性的诗学专题文献库——"民国诗学论著丛刊"，以推动中华诗词的研究、创作和普及。

我们这次整理"民国诗学论著丛刊"，抱着"发潜德之幽光，启来哲以通途"的宗旨，在扎实、详细的书目调查的基础上，主要选刊民国时期成书的与诗、词、曲等广义的古典诗歌相关的论著。在理论、观念、方法、话语乃至撰著形态、体例等方面，则秉持开放包容的态度，古今中西兼收并蓄，以较为全面地呈现民国诗学研究的多元气象和立体景观。在实际操作中，大致按照撰著内容和体例，分为"史论编""法度编""选注编"等编，分辑滚动推出。"史论编"主要选刊诗学史论著作，如梁昆《宋诗派别论》、宛敏灏《二晏及其词》等；"法度编"主要选刊谈论、介绍诗词创作法度、门径的书籍，如顾佛影《填词百法》、顾实《诗法捷要》等；"选注编"重刊有价值的诗歌选本或注本，重要者加以校注、赏析。当然，这只是大致的分类。民国学人往往能够将创作和研究相结合，他们撰写的不少史论著作亦有介绍作法的内容，不少讲解法度的书籍亦会涉及史论，我们不过根据内容偏重及著作题名权宜区罢了。诗话、词话及新诗研究论著等，因为已有"民国诗话丛编""中国新文学大系""民国文学珍稀文献集成"等大型文献资料集出版或列入出版计划，故暂且不予收录。

  每部拟刊的论著，我们都约请在该领域有专门研究的功底扎实、学风谨严的中青年学者进行整理，并在前面撰写"导读"，以引导读者更好地理解原著。整理时，我们征询专家意见，制定了详密的工作细则，既改繁体竖排为简体横排，又参照古籍整理规范出严格的校勘记，争取形成可以传世的、雅俗共赏的"新定本"。版式、用纸、装帧等方面，则发扬讲究细节、精益求精的"工匠精神"，以提高阅读率为标的，处处流露着为读者考虑的温情。这些看似小事,实则关乎民族文化的传承和国民素养的提升。资深出版人、中华书局原副总编辑程毅中先生就曾指出,在商业利益的驱动下,现在很多出版社和书店都喜欢出版、销售大部头、豪华版的书,这些书定价高,消耗的纸浆和能源也多,但手里拿不动,不便于阅读和随身携带,对阅读率有负面影响。[1]我们充分考虑到了读者朋友在节奏紧张、时间零碎的现代社会里的阅读需求,所收论著都是内容丰实、装帧便携的"贵金属",人们在地铁上、候车时、临睡前、旅途之中、工作之余、休闲之刻……都可以顺手翻上几页,随时接受中华诗词的浸润,从而切切实实地提高国民的图书阅读率,为接续诗词命脉、传承中华优秀文化基因、营建"书香社会"略尽绵薄。

总之,精到稀见的选目、中肯解颐的导读、专业严谨的整理、美观大方的装帧,是我们的"民国诗学论著丛刊"为坊间类似丛书不可替代的鲜明特色及核心竞争力所在。感谢文化艺术出版社杨斌、郝庆军、陶玮等领导与编辑们的大力支持,让我们酝酿多年的设想从内容到形式都能得到近乎理想的实现。从会议结束后的偶遇交谈到正式签订出版合同,不到一周时间,这种一拍即合的灵犀相通亦堪称一段佳话。感谢众多专家、学者的耐心指导和辛勤耕耘!正是共同的发扬、传承中华诗词的

---

[1] 参见李小龙《丹铅绚烂焕文章——程毅中编审访谈录》,载《文艺研究》2017年第1期。

责任感和使命感让我们走到了一起,"正其谊不谋其利,明其道不计其功"(《汉书·董仲舒传》)。希望越来越多的读者喜欢这套丛刊,由此领略中华诗词之美;希望越来越多的学者为我们出谋划策或加入我们的整理团队,一起呵护好这项功德无量的出版工程,让千载不磨之诗心在我们和后辈的生命中得到生生不已的感发!

叶嘉莹 陈斐

2016 年 10 月 28 日草稿

2016 年 11 月 1 日修订

导读

　　散曲作为传统文人心目中的"小道末技",难登大雅之堂,更难以成为专门的"学问"。20世纪初,王国维先生的戏曲研究开风气之先,在戏曲研究论著中已涉及散曲与戏曲的密切关联。此后,散曲研究伴随戏曲、小说研究兴起的步伐,进入现代学者研究的视野,正式成为学术研究的对象,散曲在文学艺术史上的价值也开始被发现和挖掘出来。其中,梁乙真的《元明散曲小史》就是颇具代表性的一部论著。

　　梁乙真生于1900年,卒于1950年(?),原名梁梦书,曾用名梁仪真,曾用笔名伊砧。河北省获鹿县(今河北省鹿泉市)山尹村人,著名学者。他毕业于上海南方大学,获文学学士学位。先后在山东省惠民、泰安、临沂等地任国文老师,后历任广东潮梅警备司令部政治部编辑主任,潮梅日报社编辑主任,中央日报社文书主任,国民党山东泰安党部主任。抗日战争爆发后,到重庆工作,是中华全国文艺界抗敌协会成员,后被授予少将军衔。抗日战争胜利后,到北平工作,历任傅作义将军秘书、北平警备司令部门头沟办事处主任。1949年1月,随傅作义参加北平和平起义。1950年前后在北京去世。梁乙真在中国文学史、中国妇女文学史、中国散曲史等研究领域颇有创获。主要著作有《清代妇女文学史》《中国妇女文学史纲》《元明散曲小史》《中国文学史话》《花间词人研究》《民族英雄诗话》《民族英雄百人传》《蜀道散记》《中国民族文学史》《熊廷弼评传》等。[1]

1934年6月，梁乙真在《元明散曲小史》（以下简称《小史》）的《序例》中写道："散曲之新被注意，乃是近十余年的事情。长洲吴瞿庵先生殆为第一个着手于散曲园地的人。董绶经先生刊印《江东白苎》及《萧爽斋乐府》，明曲乃渐为人所知。同时任中敏、卢冀野、郑振铎、赵万里诸先生，也都用全力来搜辑散曲资料。尤其近四五年来，元、明两代重要散曲集子的不断的发现与翻印，允为空前未有的热闹……方今散曲的研究，已成一种风气，珍贵而伟大的新资料，还时时在被发现。"《小史》问世之前，吴梅、任中敏、卢前、郑振铎等学者在散曲资料搜集、整理方面不遗余力，集腋成裘，为散曲研究的展开提供了较为丰富的文献基础，而且各自展开了对散曲的初步研究。吴梅不仅以曲学大家的身份著书立说，同时还执教高校讲

---

[1] 梁乙真生平资料搜寻存在很大难度，多部研究著作均未叙及其生平。该作者简介源于网络资料（鹿泉康夫子的新浪博客，http://blog.sina.com.cn/s/blog_9d95195901016ecn.html），据称由梁氏后人提供，为方便读者了解梁氏生平，特转引于此，略作删改整理，以备查考。中国戏剧出版社2015年影印出版《元明散曲小史》时所列作者简介与本文所引资料基本相似，唯生卒年标为"1899—1950年代"。

坛，为戏曲、散曲研究的奠基和推广作出了巨大贡献。他的《顾曲麈谈》(1916)、《曲学通论》(1935)[1]、《词学通论》(1932)等著作论及散曲文体特征、发展历史、创作方法等重要问题。郑振铎在《插图本中国文学史》(1932)中将散曲作家、作品纳入文学史写作范畴，力图呈现更为全面丰富的文学史风貌。卢前的《论曲绝句》纵论元、明、清三代曲家，行家之言，精见迭出。他的《散曲史》是我国第一部散曲史研究著作，完成于1930年年底，1931年由成都大学印行，但流传不广，未能成为《小史》的参考书目（《小史》所附参考书目中卢前著作仅见《曲雅》，未见《散曲史》）。

卢前在《散曲史》之"第一 散曲、散曲史发端"中说："散曲史之设学程，肇端于兹，不有述造，何以阐发。然今日散曲史之作也，有三难：曲集多佚，无以考究也；曲论不多，无以比证也；僻处西陲，无师友之商兑也。惟千里启于蹞步，层台赖诸累土。草创之编，所望于他日论定尔。"[2] 此《散曲史》尽管篇幅不长，论述较为简略，不够全面翔实，但时间跨度上涵盖了元、明、清三代，形成了较为完整的历史脉络。《散曲史》的写作多处引用了任中敏的研究成果和学术观点。任中敏在散曲整理研究方面成就极为突出，他主编的《散曲丛刊》(1931)

---

[1] 此书初名《词余讲义》，1919年由北京大学出版组出版。
[2] 卢前：《散曲史》，卢前著，苗怀明整理《卢前曲学论著三种》，商务印书馆2014年版，第10页。

是当时散曲研究的基本资料。他的《散曲概论》(初名《散曲之研究》,1926年连载于《东方杂志》)虽篇幅有限,但实为古代散曲研究的开创性著作,"乃于全部散曲,求得一概观也"[1],考据、议论兼备,形式、精神兼顾,尤其是"派别"一节,"有论有例,可以作简要之散曲史观"[2],已经略呈古代散曲"史"之面目。

与《散曲概论》《散曲史》相较,《小史》作为一部断代散曲史著作,是对当时诸位学者散曲整理研究成果的阶段性总结、拓展与深化,呈现了更为系统、专业、丰富的"散曲史"面目,对后来多部散曲史的写作产生了重要影响。此书既名为"史",便采取了历时性写作方式,"前后论及者凡四百余年,作家八十余人。散曲黄金时代的精英尽于此矣"。作者对元、明两代散曲发展的主要脉络加以分期,清晰呈现;搜集了各个时期代表性作家的重要生平资料,以利于"知人论世";同时将历时性描述与详细的作品分析、作家批评相结合。当代学者认为,梁乙真《小史》存在继承诸家之论甚多、发抒新见较少的问题[3],但"作为最早的一本散曲史专著,梁氏的研究有开拓之功,尽管还不够完备和细密,以平行推进的方式写史,然毕竟

---

[1] 任中敏:《散曲概论》,任中敏编著,曹明升点校《散曲丛刊》(下),凤凰出版社2013年版,第1031页。
[2] 同[1]。
[3] 赵义山:《明清散曲史》,人民出版社2007年版,第9页。

不乏启迪后人之处"[1]。此书虽非最早的一部散曲史,但其中的很多内容以及由此生发出来的学术问题乃至写作方法等,都值得当代学者关注。

一、关于散曲的起源问题

在《小史》问世之前,对于散曲起源问题,相关研究已有所涉及,但并未深入。如任中敏《散曲概论》"序说第一"云:"曲始自元季,而源于宋词……换言之,即曲牌体段,视词为短,大抵当词中之引近而已。盖词至南宋,慢曲之外,又有所谓四片,已极尽长调之变;易为曲体,遽反短制,正是物极而复耳。"[2]又云:"故吾人果沿曲之流,尽曲之变,方为杂剧,为传奇。若探曲之本,溯曲之源,则转为小令,为套数也。"[3]其"体段第四"主要论及散曲成熟后之形式、特征,对于散曲形成之源头、过程语焉不详。

卢前《散曲史》之"第一 散曲、散曲史发端"略论"曲"之源流云:"是曲之始,其所以名,初与词相对待,自文章而言谓之词,自声乐而言谓之曲。曲既成体,并有文章,且以曲达情

---

[1] 王星琦:《元明散曲——大俗之美的张扬与泛化》,广西师范大学出版社1999年版,第6页。
[2] 任中敏:《散曲概论》,任中敏编著,曹明升点校《散曲丛刊》(下),第1033页。
[3] 同上书,第1034页。

事见胜,则曲之所以为曲,可念也。或称之为词余者,曲故非词体之所能尽,不得不别立于词之外,岂拾词之坠绪之意?不可不辨焉。顾近今言曲,寻常止知沿曲之流,尽曲之变,厥有戏曲,不知溯曲之源,探曲之本,端在散曲,偶有知者,目为余事,妄矣。大概别之,此诗歌之曲,彼戏剧之曲,迥不相侔。尝以散曲例之于诗,一首小令犹一首绝句、律诗也;例之于词,一首小令亦犹一首短调、中调之词也……用见散曲承诗词而后,为韵文之正宗。"[1]此论于词、曲之关联,固不乏精辟见解,但亦未明确涉及散曲源头、流变的实质性问题。

　　较之任、卢二人,梁氏论及散曲起源之问题时,综合各家学说,进行了系统、明确、深入的论析,并以丰富翔实的作品加以例证。他指出,在散曲起源研究中,要重点注意"词调的转变""词句的语体化"和"诸宫调的繁兴"三个现象。在"词调的转变"一项中,他主要借鉴任中敏的论述,以五代小词与元人小令相较,直观地说明词与曲在形式与意境方面的关联,并得出了"散曲小令其前身就是晚唐五代的小词"的结论。在"词句的语体化"一节,梁氏主要论述散曲作为一种特殊文体的语言风格问题,其观点主要借鉴了吴梅的认识:"金元以来士大夫好以俚语入词;酒边灯下,四字【沁园春】,七字【瑞鹧鸪】,粗豪横决,动以稼轩、龙洲自况,同时诸宫调词行,即词变为

---

[1] 卢前:《散曲史》,卢前著,苗怀明整理《卢前曲学论著三种》,第3页。

曲之始。"(《南北戏曲概言》)所谓"俗言俚语""粗豪横决"正是形成或标志散曲语言风格的一些因素。"诸宫调的繁兴"一节虽然受到了吴梅的直接启发,但"阐发最详,也最有见地"[1]。此节专论诸宫调之前,梳理了鼓子词、大曲、赚词等与散曲在形式上的相似之处,体现出较为敏锐、宽阔的学术视野。他认为,诸宫调的出现与散曲有直接关系,"像这样美丽的、俊秀的、盈盈如少女般的,所谓曲的新诗体,在这时候(金章宗时约1190—1208)的诸宫调也已用到它成为其中弹唱的部分,则我们可断定散曲在这时已有了同样美妙的作品了"。他进而认为,《西厢记诸宫调》和《刘知远诸宫调》分别开曲的"工丽""本色"两派。这些论述无疑是大胆而有启发性的。《小史》关于散曲起源的认识和论述为此后散曲研究界所关注,如当代学者罗锦堂的《中国散曲史》论及散曲起源,便是在梁氏总结的三端基础上增加了"外来音乐的影响"一端。[2]

二、关于散曲史的分期问题

任中敏在《散曲概论》中说:"散曲之全盛时代,只在元、

---

[1] 王星琦:《元明散曲——大俗之美的张扬与泛化》,第6页。
[2] 同[1]。

明两朝,至清即已大衰。"[1] 其"派别"一节虽粗呈元、明、清三代散曲史大概,然主要着眼散曲流派衍变,且论述过于简略,并未进行具体分期。卢前《散曲史》虽列"第二　元一代散曲盛况",但未涉及有元一代散曲史分期问题。"第三　明曲前后两时期"以昆腔为界,分散曲创作为前后两期:

> 曲至于明,就文辞言,不如以声音言,盖昆腔之制作,其影响于曲也匪鲜。昆腔以前,犹存北曲;昆腔以后,所谓南词者,取北曲之地位而代之,于是非复元曲之旧观矣。是论明曲,必以昆腔为界,分别前、后两期,亦足觇此道之升降,匪徒为论列之便而已。[2]

"第四　自清以来散曲家"历时罗列曲家,亦未顾及分期问题。郑振铎《插图本中国文学史》有关散曲史的章节对《小史》写作产生的影响较大。他在第四十九章"散曲作家们"关于元代散曲的分期有如下论述:

> 这个初期的散曲时代,可分为两类不同的作家的群众或两个不同的时期。前期是从金末(约公元1234年)到元

---

[1] 任中敏:《散曲概论》,任中敏编著,曹明升点校《散曲丛刊》(下),第1107页。
[2] 卢前:《散曲史》,卢前著,苗怀明整理《卢前曲学论著三种》,第52页。

大德间（约公元1300年），相当于钟嗣成录鬼簿上所说的"前辈名公"的时代。后期便是由大德间到元末（公元1367年），相当于钟嗣成的时代……这一期可以说是散曲的黄金时代。[1]

梁乙真完全继承了郑氏对于元代散曲的分期方法，在郑氏概括的两期不同的创作特征基础上，结合散曲创作流派的风格衍化、创作实绩及表现予以论述，并加以升华和拓展，时有新见。以元散曲第一期创作特征为例，郑氏的概括较为笼统：

他们的作风，离不开宴会、妓乐、山水的歌颂，乃至浅薄的厌世和恬退的思想，只有杜善夫、王和卿等数人的作风略有不同。当时伟大的戏曲家关汉卿、白仁甫和马致远即在散曲坛上也成了鸡群里的白鹤，驰骋于散曲的平原之中，无可与争锋者。[2]

而梁氏的概括则使郑氏所论极简略处更加具体、明朗，而且"有了一定的新意"[3]：

---

[1] 郑振铎：《插图本中国文学史》，北平朴社出版部1932年版，第980—981页。
[2] 同上书，第982页。
[3] 李修生、查洪德：《辽金元文学研究》，北京出版社2001年版，第340—341页。

在这第一期的作家中，可依照他们作风的不同分为清丽的豪放的两派。属于清丽派的如关汉卿、王和卿等十二人。他们这些人的地位虽然有些不同，但他们"清丽隽美"的作风，却好像是有共同的似处；只有杜善夫、王和卿等数人作品时露诙谐的风趣而已。属于豪放派的重要作者，如马致远、冯子振、张养浩等九人。在这些人中大都是带着厌世的和恬退的思想，所以他们在散曲中所表现的，也都离不开宴会妓乐和山水的歌颂，以及无可奈何的刹那的享乐主义。

梁氏不仅将元代视作散曲创作的"黄金时代"，还将明代定位为散曲的"第二黄金时代"，并把明代散曲演进划分为三期：第一期由洪武初至成化末（1368—1487）的百余年的曲坛；第二期由弘、正至嘉靖时，即昆曲未流行之前（约1488—1521）；第三期自嘉靖至明末（约1522—1644）。《插图本中国文学史》1932年出版时尚非"完璧"，因此第五十章《散曲的进展》论述至唐寅、常伦等人时便戛然而止；而且未对明代散曲作出明确分期，只是历时性描述了元末至正德间南北散曲作家的创作情况，并未形成如元散曲分期一样明显的"史"的架构。因此，对明代散曲完整、明晰的分期和对各期作家作品的研究，是梁氏"独出机杼"的成果。

与元代散曲分期不同，梁氏对明代散曲的分期不仅兼顾散曲风格流派,还汲取了郑氏对南北曲升降、消长变化的关注,更立体、完整地呈现了明代散曲发展的历史面貌,把握住了各期散曲发展的最重要特征。他指出,第一期要注意"(一)北曲仍保有元代的余势,(二)南散曲却也在此时抬起头来,虽然作家寥寥,但已开以后一百几十年南曲隆盛的先声了"。第二期的特征是:"昆曲尚未起来,散曲坛上仍然是北曲占着优势,但同时南曲亦渐渐抬起头来,要与北曲分庭抗礼,大作家亦渐渐地出现于散曲坛上,不比第一期的寥若晨星了……在这一期中,南曲和北曲的确是并驾齐驱了。"第三期的特征表现为:"昆腔的起来,不惟不能使南散曲发扬光大,跟着南戏作并驾齐驱的猛进,反而因过度受音律的束缚而至于拘牵凝固。这时的北散曲虽然因昆腔的排挤'寿终正寝',但南散曲亦'文雅蕴藉,细腻妥帖'柔靡得恹恹无生气,同时元人苍莽萧爽、亢直激越的遗风,到此已不复存在了。"

《小史》的分期方法尽管存在不恰当之处,但它在散曲研究史上的学术意义却不容忽视。这种将任中敏的风格流派论与郑振铎的时代特征论相结合的分期方法,以及元代散曲前期"豪放"、后期"清丽"的论断等,对后来元散曲研究的影响是极为深远的。[1]

---

[1] 李修生、查洪德:《辽金元文学研究》,第340—341页。

三、关于散曲流派划分的问题

散曲流派在文学流派中情况较为特殊。《中国大百科全书·中国文学卷》认为"文学流派"是:

> 文学发展过程中,一定历史时期内出现的一批作家,由于审美观点一致和创作风格类似,自觉或不自觉地形成的文学集团和派别,通常是有一定数量和代表人物的作家群。文学流派是在文学发展过程中自然形成的,从基本形态上看,大体有这样两种类型:一种是有明确的文学主张和组织形式的自觉集合体……这种有组织、有纲领、有创作实践的作家集合体,是自觉的文学流派……另一种类型是不完全具有甚至根本不具有明确的文学主张和组织形式,但在客观上由于创作风格相近而形成的派别。这种半自觉或不自觉的集合体,或者是因某一个作家的独特风格,吸引了一批模仿者和追随者,逐渐形成了一个有特定核心和共同风格的派别;或者仅仅是由于一定时期内的一些作家创作内容和表现方法相近、作品风格类似而被后人从实践和理论上加以总结,冠以一定的流派名称。[1]

---

[1]《中国大百科全书·中国文学卷》"文学流派"条(刘建军撰),中国大百科全书出版社1986年版,第952页。

有学者将视野由表层的文学风格拓展至深层的作家人格：

> 文学流派的基础是文学风格，而文学风格本于作家人格。当一批作家的群体人格在文学创作上形成某种相同或相似的文学风格，并自觉地加以理论的体认和表述时，文学流派才得以形成。[1]

散曲这一文体产生时间晚于诗文，且处于支流和边缘地位，因此，散曲流派的产生也晚于诗文等主流文体。据当代学者考察，散曲流派的划分萌芽于元人贯云石《〈今乐府〉序》及《〈阳春白雪〉序》对元散曲作家风格"文丽而醇、音和而平""豪辣灏烂"的概括，此后明朱权《太和正音谱》列乐府体式"十五体"，并简评元曲家八十二人之艺术风格。清人刘熙载《艺概·词曲概》归纳朱权品评为"清深、豪旷、婉丽三品"，延续了对散曲创作风格的总结。[2] 至任中敏《散曲概论》，将元散曲"仅列豪放、端谨、清丽三派，事实上已可以广包一切"[3]。而且他认为，明人散曲创作风气的变化，导致"三派"划分在

---

[1] 郭英德：《中国古代文人集团与文学风貌》，北京师范大学出版社1998年版，第183页。

[2] 李修生主编：《元曲鉴赏辞典》"清丽派"条（赵义山撰），江苏古籍出版社1995年版，第639—640页。

[3] 任中敏：《散曲概论》，任中敏编著，曹明升点校《散曲丛刊》（下），第1088页。

明代已不完全适用。[1]

"风格即具象化的精神类型，流派风格是文学流派的基本标志。所谓流派风格，是根据不同个体的某些共同风格特征概括出来的。"[2] 由此可见，散曲流派之产生应当属于《大百科全书》定义的"文学流派"中的第二种类型，更多的是后人对散曲创作风格归纳总结后的产物。这种总结对呈现作家创作的主要风格特点有重要意义，但存在明显的局限性，即：一个作家的创作风格不是一成不变的；随着题材及其他因素的变化，同一作家的不同作品也会呈现出迥异的风格，与对他们的派别定位出入极大。

对于这种局限性，任中敏有清醒的认识：

> 世间事既有两极端者，亦必有中和者。豪与丽虽分明两派，而以一人兼有之，或以一词兼有之，皆寻常事。近人有因苏、辛词集中未尝无一二婉约之作，周、秦词集中亦未尝无一二豪放之作，遂谓放与约不足为词之两派。实则分词曲之派别，应以词曲为单位，曰此词约、彼曲放则可，不应以词人、曲人为单位也。即论断各家之派别，举

---

[1] 任中敏：《散曲概论》，任中敏编著，曹明升点校《散曲丛刊》（下），第1089页。
[2] 陈文新：《中国文学流派意识的发生和发展》，武汉大学出版社2003年版，第209页。

其著作之多数者如何，方足为据，不应因其少数之作相反，而遂全部抹杀也。譬如马与乔、张，虽各明其派如上文，而派外之作，与两派融会之作，固无人无之，要不足以动摇其大体矣。[1]

此论甚为客观、精辟，然而在词曲流派研究与相关著述中，尤其进行宏观论述时，往往难以做到"词曲为单位"，而是以"词人、曲人为单位"进行论述，牵强笼统、削足适履之弊也就难以避免了。因此，论及流派，"举其著作之多数者为据"便是别无选择的折中之法了。事实上，虽然任中敏的《散曲概论》对关汉卿等少数作家的派别归属有不当之处，但其以"豪放""清丽"两派划分元代散曲作家的方法深刻影响了冯沅君、梁乙真以及当代很多学者。[2]

《小史》有意识地将任中敏的流派划分纳入散曲创作分期加以论述，通过双重宏观视野的交叉与融合，力图描绘清晰的"史"的宏观发展线索（在此书目录中可以明显看出），这对于一部有意识撰写的断代文学史著作而言，其重要性是不言而喻的。但《小史》对豪放派、清丽派作家的归属是存在问题的，如："专辟'清丽派的黄金时代'一章……其实，其中睢景臣、

---

[1] 任中敏：《散曲概论》，任中敏编著，曹明升点校《散曲丛刊》（下），第1094页。
[2] 李修生、查洪德：《辽金元文学研究》，第325页。

周文质、高克礼等,都很难说属于哪一派,强拉入清丽一宗,造成所谓'黄金时代'的气势,又何必呢?睢景臣自不必说,今仅存套数三篇,俱与清丽风格搭不上界。"[1]

在明代部分,梁氏不仅沿用了任中敏对元散曲清丽派、豪放派的划分方法,还结合重要作家、作品,使用了"白苎派"(梁辰鱼派)、"吴江派"(沈璟派)等命名。这些流派命名不仅揭示了戏曲、散曲这两种文体天然的血缘关系,对于散曲流派以创作风格为主导的"豪放""清丽"之类的传统命名方式,无疑也是一种拓展,对于更全面地认识明代散曲的流派特点、创作特点颇具启发意义。但由于受到任中敏《散曲概论》相关论述的影响,梁氏对明代散曲流派的论述和对"流派"这一词汇的使用略显随意,如"梁沈以外的曲派"一章中所论诸曲家固然各有特色,但能否独立成"派",无疑还需要思考。

值得一提的是,《元明散曲小史》虽基于流派展开论述,但涉及具体作家作品时,注意到了同一作家不同作品的不同风格,并予以客观说明。如《小史》虽然将白朴归入"清丽"一派,但也认识到白朴散曲中包含着豪放、俊爽、秀美诸点,同时也肯定了张小山散曲风格的多样化。

---

[1] 王星琦:《元明散曲——大俗之美的张扬与泛化》,第257页。

四、接受化用与感悟表达

如前文所述,《小史》的成书一方面是作者兴趣使然,另一方面是对前人研究成果的继承与推进。梁氏对于前人研究成果的继承并非"生吞活剥"式的抄袭与复制,而是经过独立思考后的接受与化用,兹举一例证之。

任中敏《散曲概论》评沈璟散曲创作缺陷时云:

> 沈氏好翻北曲为南曲,《曲海青冰》二卷皆是也,目的专在使一时歌场繁衍南声,故材料剪取前人之现成者亦可,不必由己出也。其文既为声而发者多,为文而发者少,则其受韵律之拘牵,而生气剥夺,尚何待言乎!沈氏于所翻诸曲,虽自命名曰"青冰",实则去蓝、水犹远甚,直是点金成铁,活文字则死之,新意境则腐之耳。[1]

卢前《散曲史》所论与此极为类似:

> 沈璟一派文字,一如伯龙,而又求律正韵严。集曲外,更好翻谱。翻谱者,翻词为曲,翻北曲为南曲之谓。所为《曲海青冰》,皆此作也。为使南声繁衍,率取前人陈品,

---

[1] 任中敏:《散曲概论》,任中敏编著,曹明升点校《散曲丛刊》(下),第1098—1099页。

自己抒写者少,是为声,非为文也,自命曰青冰,非真青于蓝,而寒于冰,徒剥夺文章生气而已。[1]

《小史》论及沈璟散曲之病时上下贯穿,前后呼应,化二家说法而用之:

> 他另一方面专求"律正"与"韵严",却较梁更为努力。同时他又好翻北曲为南,使一时歌场繁衍南声。故他之所作,往往是"为声而发者多,为文而发者少"。这样的结果,文字受韵律的拘牵,而生气索然。这不能不说是沈氏右本色、重音律之弊……这种"活文字则死之,新意境则腐之"死板板的翻谱,便是伯英为人所讥议处……他的作品除音律外,词意都不见得高明,他之在当时被称为"词家开山祖"在此,他之被人所不满也在此。

此外,梁氏较好的文学感悟和表达能力使他对于散曲作品有较高的鉴赏水平,同时能以清新而富于感染力的文笔加以论述。因此,这部断代文学史著作一改板滞枯燥的面目,书写风格平易流畅,具有较高的可读性。作者能敏感地体会到关汉卿散曲作风与剧曲作风的差别:散曲以婉丽见长,然有时豪辣灏

---

[1] 卢前:《散曲史》,卢前著,苗怀明整理《卢前曲学论著三种》,第86页。

烂，而剧曲以雄奇排奡见长，极汪洋恣肆感慨苍凉之致。

《导论》开篇文采斐然：

> "散曲"……的起来把恹恹无生气、行将荒芜了的词的文圃，重新注入新的活力，使之重新开放出锦绣灿烂的花朵。它能使人兴奋，它能使人愉快，它能使人欢喜赞叹、手舞足蹈起来……散曲到了这时，已是轮将薄中天的太阳，照射出万丈的光芒，无处不在它的笼罩里。它又是位年已及笄的妙龄少女，更无处不显示着高洁与可爱的丰满的姿容。假如说两宋是词的"黄金时代"，那末元明便是散曲的"黄金时代"了。

他对于文学创作"真"的追求极为赞赏：

> 当时一般老官僚们，既不得志于有司，无可奈何的"归去来兮"之后，他们所吟唱的大概就是这些不痛不痒自夸恬退的文字；但这只说说而已，并不是他们心底所反映出来的呼声。（第二章）

> 康、王之作，虽然也是号称豪放派的行家，但他们的曲，多少带些做作，愤世乐闲，貌为恬退，实则他们并不安心寂寞的。海浮则不然，他的曲也怨愤，也乐闲，但怨愤索性将全部怨愤痛快地说出来。即乐闲也是由于衷心之

语;且其才情之横溢,笔锋之犀利,无往而不见其豪迈之气。(第六章)

他对为艺术献身的精神感佩不已:

他(康海)虽位至翰苑,但殁后家无长物,只腰鼓多至三百副;他这种为艺术而牺牲的精神,明一代能有几人呢!(第六章)

他(陈铎)这种"爱好艺术"的精神,看来似狂,实皆有至性。(第七章)

对于文学艺术深刻、持久的爱好,使梁乙真在繁忙的公务之余"风雨晨晦,孜孜不已",写作了《元明散曲小史》。由于时代、资料、个人见闻有限,此书还存在诸如蹈袭前人之处略多、文献校勘不精导致讹误等问题,部分学术观点也有待商榷,但其学术价值是毋庸置疑的。

当看到《清代妇女文学史》《中国妇女文学史纲》《中国文学史话》《花间词人研究》《民族英雄诗话》《中国民族文学史》等一系列书目时,我们不得不钦佩梁乙真笔耕之勤、用力之深。他所选择的散曲史、妇女文学、民族文学等研究领域,与时代风气、民族命运、文化传承密切关联。这些成果不仅值得我们关注、挖掘、研究,也给当代的学术研究以深刻的启示。

《元明散曲小史》，商务印书馆（上海）1934年12月初版，商务印书馆（上海）1935年6月再版。商务印书馆（北京）1998年10月据1934年12月初版影印；中国戏剧出版社2015年6月据1934年12月初版影印，删去《序例》。此次整理以商务印书馆（上海）1934年12月初版为底本，尊重原著，不擅自改动原文，对明显错误的字句更正后皆出校记，版式、字体、标点符号等按照《民国诗学论著丛刊》整理细则处理，特此说明。

王瑜瑜
2017年1月22日

目录

序例 | 1
导论 | 3

第一章
散曲的开场及清丽派第一期 | 54

第二章
豪放派的第一期 | 87

第三章
清丽派的黄金时代 | 121

第四章
后期的豪放派 | 169

第五章
过渡时期的几位曲家 | 179

第六章
昆曲未流行前的豪放派 | 195

第七章
昆曲未流行前的清丽派 | 236

第八章
昆腔起来后的白苎派 | 276

第九章
嘉靖后的吴江派 | 302

第十章
梁沈以外的曲派 | 321

附录
研究散曲重要参考书 | 343

本次整理征引文献 | 347

序例

《元明散曲小史》共分十章。前四章述元贤，并依各家活动的时代，分为前后两期。第一期从散曲的开场至大德间，相当于钟嗣成《录鬼簿》上"前辈名公"的时代；以关汉卿、马致远为主。第二期从大德间至元末，相当于《录鬼簿》作者钟嗣成的时代，以张可久、杨朝英为主。后六章述明人，分为三期。第一期由洪武至成化末百余年的曲坛，以汪元亨及明宗室朱有燉为主，第二期从弘、正至嘉靖间（昆腔未起之前），以康海、冯惟敏及王磐、沈仕为主。第三期从嘉、隆到明亡（昆腔既起之后），以梁辰鱼、沈璟、施绍莘三人为主。卷首有《导论》一篇，详述散曲的起源、体制和本书的分期诸问题。卷末并附论散曲的支流——小曲作家，及研究散曲参考书目。前后论及者凡四百余年，作家八十余人。散曲黄金时代的精英，尽于此矣。

散曲在元、明两代的文坛里，虽曾显过强烈的光采，但到清代便由盛极而趋于衰落了。清文士们多专力于词，对于散曲却谦让未遑。散曲之新被注意，乃是近十余年的事情。长洲吴瞿庵先生殆为第一个着手于散曲园地的人。董绶经先生刊印

《江东白苎》及《萧爽斋乐府》，明曲乃渐为人所知。同时任中敏、卢冀野、郑振铎、赵万里诸先生，也都用全力来搜辑散曲资料。尤其近四五年来，元、明两代重要散曲集子的不断地发现与翻印，允为空前未有的热闹。

编者近几年来，对于散曲研究颇感到浓厚的兴味。总集别集的购求，研究资料的探讨，风雨晨晦，孜孜不已，案头积稿盈尺矣。假期无俚，乃竭两月的时间，将所存积稿爬梳而整理之，使成为有组织、有系统的东西，颜曰《元明散曲小史》，刊行问世。方今散曲的研究，已成一种风气，珍贵而伟大的新资料，还时时在被发现。本书将来尽有改写与增添的所在；甚或有整个变动阵容的必要。现在姑尽我力之所能，见闻之所及，写为此书。异日倘有最完善美备的"中国散曲史"出版，则吾书算是太阳出来之前的"爝火"罢。

中华民国二十三年，六月，二十八日。梁乙真。

导论

在元明的文圃里,除了诗词、戏曲、小说……之外,"散曲"便是当中的一棵奇葩。它是继词而兴的一种"新诗体",它的起来把恹恹无生气、行将荒芜了的词的文圃,重新注入新的活力,使之重新开放出锦绣灿烂的花朵。它能使人兴奋,它能使人愉快,它能使人欢喜赞叹、手舞足蹈起来。许多的大诗人们都放弃了他们所擅长的有固定之形式的词,来运用这种"新诗体"以抒写他们的情感了。许多的剧曲家们,也使用着这种名为曲的"新诗体",成为他们的剧曲中可唱的一部分了。散曲到了这时,已是轮将薄中天的太阳,照射出万丈的光芒,无处不在它的笼罩里。它又是位年已及笄的妙龄少女,更无处不显示着高洁与可爱的丰满的姿容。假如说两宋是词的"黄金时代",那末元明便是散曲的"黄金时代"了。

一

说到这里,我们便应该回头来探讨散曲的起源。因为在元明,散曲已达到了它的盛年,那末它的儿童时代至少是要追溯到宋金了。散曲的起源，据我们探讨的结果，有三点是应该注意的：（一）词调的转变，（二）词句的语体化，（三）诸宫调的繁兴。现在分述如下：

（一）词调的转变[1]——原来词的兴起，是源于乐府小辞，所以词之初起多是单调的小令。至北宋而慢词兴，后来于单调之外，又有所谓双叠、三叠、四叠之分。演至南宋，更于慢词长调之外，又有所谓四片（即四叠）之"序子"（见张炎《词源》），如吴文英《莺啼序》（《春晚怀感》）一词，共二百四十个字，可谓极尽慢声长调之变了。但其"深晦凝重"也已登峰造极；"物极而复"，于是单调小令的短制，又重新回复起来，注以新的活力而构成一种新诗体——散曲；金元作家便都舍词而从事于曲的制作了。试取五代小词与元人小令比较之：

云一缃，
玉一梭，
淡淡衫儿薄薄罗，
轻颦双黛螺。
秋风多，
雨相和，
帘外芭蕉三两窠。

---

[1]着重号为作者所标，下同。

夜长人奈何！（南唐李煜《长相思》）
风飘飘，
雨萧萧，
便做陈抟也睡不着。
懊恼伤怀抱，
朴簌簌泪点儿抛。
秋蝉儿噪罢寒蛩儿叫，
淅零零细雨洒芭蕉。（元关汉卿《大德歌》）

我们将以上一词（《长相思》）一曲（《大德歌》）对照观之，可以明白五代小词和元人小令不但形式差不多，即意境也有许多相同之处。可知散曲小令，其前身就是晚唐五代的小词。

（二）词句的语体化——词的引用俗言俚语，在北宋柳永的作品中，已开其先路。到了南宋，像辛弃疾与刘过诸人之作品中尤多。虽然姜、吴一派犹在那里高唱着词的"惟美主义"，但语体化的词家仍是不断地出现于当时词坛。如阮阅的《洞仙歌》云：

赵家姊妹，
合在昭阳殿，
因甚人间有飞燕？
见伊底，
尽道独步江南；

> 便江北,
> 也何曾惯见?
> 惜伊情性好,
> 不解嗔人,
> 长带桃花笑时脸。
> 向尊前酒底,
> 见了须归,
> 似恁地,
> 能得几回细看?
> 待不眨眼儿觑着伊,
> 将眨眼儿工夫,
> 看伊几遍。(《洞仙歌·赠宜春官伎赵佛奴》)

　　这首词通体俱为浅白直率的口语,且无吴派长调"凝重滞晦"之弊,盖渐渐和元曲接近了。所以《宜春遗事》说:"此词已为元曲开山矣。"吴瞿安先生亦说:"金元以来士大夫好以俚语入词;酒边灯下,四字【沁园春】,七字【瑞鹧鸪】,粗豪横决,动以稼轩、龙洲自况,同时诸宫调词行,即词变为曲之始。"(《南北戏曲概言》)由此我们可以知道,宋词的语体化,也为散曲兴起的原因了。

　　按以上所说的(一)与(二),虽为元曲的开山;但词为歌曲,徒歌而不舞,且以阕为率,未有连续歌数阕者。于是更进而有诸宫调的兴起。

（三）诸宫调的繁兴——关于这点，散曲的演变，尤为重要。但在未讲诸宫调之前，先来一说鼓子词、大曲、赚词。——原来宋代通行之歌曲为"词"，宋人谦集，多歌词以侑觞。每歌本以一阕为度，但因词调简短不适宜于歌咏故事，故有继续歌咏一曲以叙一故事的"鼓子词"（此种叠词，宋人往往用之合鼓而歌，故名）出现。赵令畤的《崔莺莺商调蝶恋花词》（见《侯鲭录》）[1]即是用十首《蝶恋花》来咏《会真记》的故事。[2]他将元稹《会真记》分为十段，每段系以《蝶恋花》一章，因此构成了所谓"鼓子词"的一体。我择录一段，以观其体：

> （《会真记》）……后数夕，张君临轩独寝，忽有人觉之。惊骇而起，则红娘敛衾携枕而至。抚张曰"至矣，至矣，睡何为哉"，并枕重衾而去。张生拭目危坐，久之犹疑梦寐。俄而红娘捧崔而至，则娇羞融冶，力不能运支体，曩时之端庄，不复同矣。是夕旬有八日，斜月晶莹，幽辉半床，张生飘飘然且疑神仙之徒，不谓从人间至也。有顷，寺钟鸣晓，红娘促去，崔氏娇啼宛转，红娘又捧而去。终夕无一言。张生辨色而兴。自疑曰"岂其梦耶！"所可明者，妆在臂，香在衣，泪光荧荧然，犹莹于茵席而已。

---
[1] 原注：《侯鲭录》在《知不足斋丛书》第二十二集。
[2] 原注：《会真记》在《唐人说荟》中。

（奉劳歌伴，再和前声）
（《鼓子词》）数夕孤眠如度岁，
将谓今生会合终无计。
正是断肠凝望际，
云心捧得嫦娥至。
玉困花柔羞揾泪，
端丽妖娆，
不与前时比。
人去月斜疑梦寐，
衣香犹在妆留臂。(《蝶恋花》)

赵令畤是北宋元祐间人。他是苏轼的好友。在当时也是位出名的词人。自他创"鼓子词"后，到南宋时便行于民间了。陆游诗云："斜阳古柳赵家庄，负鼓盲翁正作场；死后是非谁管得，满村听说蔡中郎。"鼓子词这时已成为民间歌唱最流行的一体了。

但是"鼓子词"之为用，只以应歌唱而不协以跳舞。至歌舞相兼者，宋人称为"传踏"（亦称"转踏"，又称"缠达"），演法以歌者组成二队，男队名"小儿队"，女队名"女弟子队"。先由参军登场召集，叫做"勾队"，演时带歌带舞，叫做"队舞"，舞毕散班，叫做"放队"。

曾慥《乐府雅词》[1]曾录无名氏的《调笑集句》，郑仅的《调

---

[1] 原注：《乐府雅词》有《四部丛刊》本。

笑转踏》，晁无咎的《调笑》，皆是以诗与曲相间而组合成之的。先陈"入队"的致词，然后是一首诗，再后是一首曲，以后皆是一诗一曲相间，末则结以"放队"词。兹举郑仅的《调笑转踏》（见《乐府雅词》卷上）：

（入队）良辰易失，
信四者之难并，
佳客相逢，
实一时之盛会。
用陈妙曲，
上助清欢，
女伴相将，
调笑入队。
（诗）秦楼有女字罗敷，
二十未满十五余，
金镮约腕携笼去，
攀枝折叶城南隅。
使君春思如飞絮，
五马徘徊芳草路，
东风吹鬓不可亲，
日晚蚕饥欲归去。
（曲）归去，

> 携笼女,
> 南陌春愁三月暮,
> 使君春思如飞絮,
> 攀折枝叶城南隅。
> 蚕饥日晚空留顾,
> 笑指秦楼归去。
> (放队)新词宛转递相传,
> 振袖倾鬟风露前,
> 月落乌啼云雨散,
> 游人陌上拾花钿。

郑词共十二曲,仅录第一咏罗敷之曲,及"入队""放队"词。"传踏"之外,宋人乐曲尚有"大曲""赚词"等皆兼歌舞,且其用曲更较繁于"传踏"。先谈"大曲"。

在宋人的著作里,所见的大曲,如董颖咏西子事的《道宫薄媚》[1],曾布咏冯燕事的《水调歌头》等都是长篇的叙事歌曲。董曲《薄媚》排遍第八,到第七煞衮止,共有十遍。曾曲《水调歌头》则从排遍第一起,到排遍第七、撷花十八止,共有七遍。此等组织便与《董西厢》相类了。又有史浩《鄮峰》大曲,有《剑舞》《采莲》等七套,并详录舞态歌词及参军致语,宋大曲

---

[1] 原注:《薄媚》见《乐府雅词》卷上。

之详备无有过于此曲的了（见朱祖谋《彊村丛书》）。现我举董颖《薄媚》作例，并略加以说明。这曲起首排遍第八叙作曲的大意，如南散套的引子。以下叙西子生平，从排遍第九至第六歇拍"娥眉宛转，竟殒鲛绡"西子之死；到第七煞衮止，叙西子死后徘徊凭吊之意。所以此曲乍观之疑为残缺，实则首尾完整，散曲的"套数"，即是从此嬗蜕的了。兹择录一二曲：

> 怒潮卷雪，
> 巍岫布云，
> 越襟吴带如斯。
> 有客经游，
> 月伴风随。
> 值盛世观此江山美，
> 合放怀何事却兴悲？
> 不为回头旧谷天涯，
> 为想前君事。
> 越王嫁祸献西施，
> 吴即中深机。
> 阖庐死，
> 有遗誓，
> 勾践必诛夷。
> 吴未干戈出境，

仓促越兵,
　　投怒夫差,
　　鼎沸鲸鲵。
　　越遭劲敌,
　　可怜无计脱重围。
　　归路茫然,
　　城郭丘墟,
　　飘泊稽山里。
　　旅魂暗逐战尘飞,
　　天日惨无辉。(《薄媚》排遍第八)

这是《薄媚》的开场,以下更历叙西子生平以至她"蛾眉宛转,竟殒鲛绡,香骨委尘泥,渺渺姑苏,荒芜鹿戏"(第六歇拍),到第七煞衮便是凭吊她了:

　　王公子,
　　青春更才美,
　　风流慕连理。
　　耶溪一日,
　　悠悠回首凝思。
　　云鬟烟鬓,
　　玉佩霞裾,

> 依约露妍姿。
> 迭目惊喜,
> 俄迁玉趾,
> 同仙骑洞府归去。
> 帘笼窈窕戏鱼水,
> 正一点犀通,
> 遽别恨何已。
> 媚魄千载,
> 教人属意,
> 况当时金殿里。(第七煞衮)

此等大曲,遍数虽多,虽能搬演故事,但它皆以词牌作之;非若元贤关、马、郑、白之用套数。惟较大曲更进而至"诸宫调",则合数宫调中的各曲以咏一事,用曲便繁,已渐近元曲;真正名为散曲的新诗体,就在此时先告成立了。

诸宫调的出现,便是与散曲有直接的关系了。盖在诸宫调里,它已用到散曲成为弹唱的部分了。诸宫调的出现,是在北宋之末。王灼《碧鸡漫志》[1]说道:

> 熙丰元祐间,兖州张山人以诙谐独步京师,时出一两

---

[1] 原注:《碧鸡漫志》在《知不足斋丛书》第六集。

解。泽州孔三传者,首创诸宫调古传,士大夫皆能诵之。(卷二,四页)

吴自牧《梦粱录》[1]也说道:

说唱诸宫调,昨汴京有孔三传,编成传奇灵怪,入曲说唱;今杭城有女流熊保保及后辈女童,皆效此说唱。(卷二十)

耐得翁《都城纪胜》[2]也说:

诸宫调本京师孔三传编撰,传奇灵怪,入曲说唱。(页九)

此外,孟元老《东京梦华录》[3](卷五)记崇、观以来"瓦舍伎艺"有孔三传、耍秀才诸宫调。

是诸宫调乃是熙丰、元祐间一位才人孔三传所创作无疑了。又周密《武林旧事》[4](卷六)所载诸色伎艺人,诸宫调传奇有高郎妇、黄淑卿、王双莲、袁大道等四人,则南北宋均有之矣。

---

[1] 原注:《梦粱录》在《知不足斋丛书》第二十八集。
[2] 原注:《都城纪胜》有《楝亭十二种》本。
[3] 原注:《东京梦华录》有《学津讨源》本。
[4] 原注:《武林旧事》有《武林掌故丛编》本。

诸宫调虽然创于北宋之末，但其流行的最盛却在宋金。《梦粱录》和《武林旧事》所记载的以讲唱诸宫调为业的人甚多。在石君宝的《诸宫调风月紫云亭》[1]（见《元刊[2]杂剧三十种》）剧里有"我唱的是《三国志》，先饶十大曲；俺娘便《五代史》添续[3]《八阳经》"。又如董解元《西厢记》卷一的开卷：

> 俺平生情性好疏狂，
> 疏狂的情性难拘束。
> 一回家想么，
> 诗魔多，
> 爱选多情曲。
> 比前贤乐府不中听，
> 在诸宫调里却着数，
> 一个个旖旎风流济楚，
> 不比其余。（【太平赚】）
> 也不是崔韬逢雌虎，
> 也不是郑子遇妖狐。
> 也不是井底引银瓶，

---

[1]《诸宫调风月紫云亭》，《古本戏曲丛刊四集》影印《元刊杂剧三十种》所收剧名作《古杭新刊的本关目风月紫云庭》。
[2] 刊　底本作"今"，据《古本戏曲丛刊》改。
[3] 添续　《古本戏曲丛刊四集》影印《元刊杂剧三十种》本作"续添"。

也不是双女夺夫。
　　也不是离魂倩女,
　　也不是调浆崔护。
　　也不是双渐豫章城,
　　也不是柳毅传书。(【柘枝令】)

　　从此曲看来,可见诸宫调的著作在那时是很多的了。但今日所见者除董解元《西厢记诸宫调》、无名氏的《刘知远诸宫调》[1]、王伯成的《天宝遗事诸宫调》[2]以外,却别无第四本了。

　　但在现存的几本诸宫调中,无疑的《西厢记诸宫调》推为第一,董曲文辞的精工巧丽,凡见之者没有一个不是极口的赞赏。明胡应麟的《少室山房笔丛》说:

　　《西厢记》虽出唐人《莺莺传》,实本金董解元。董曲今尚行世,精工巧丽,备极才情,而字字本色,言言古意,当是古今传奇鼻祖。金人一代文献,尽于此矣。

　　这话并不是瞎恭维,我们看元稹《会真记》才是那末短短

---

[1] 原注:《刘知远诸宫调考》,日本青木正儿著,贺昌群译,见《北平图书馆刊》第六卷中。

[2] 原注:《天宝遗事诸宫调》,从明以来便不传,郑振铎君尝从《雍熙乐府》《北词广正谱》《九宫大成谱》辑出五十四套曲,相当全书四之一(《太和正音谱》亦有数套)。

的一篇传奇文,而到了董解元手里,他能够放大展开到如此的浩浩莽莽的一部伟大的宏著;而文辞又是那末样的工丽,结构更那末样的整密,这种著作的富健,诚是前无古人;且自王实甫以下诸《西厢记》,其结构、其文辞殆无不为董曲的太阳光似伟著所笼罩而不能越其范围了。[1] 今录二三调以示例:

【黄钟宫】最苦是离别,
彼此心头难弃舍。
莺莺哭得似痴呆,
脸上啼痕多是血,
有千种恩情何处说?
夫人道:天晚教郎疾去,
怎奈红娘心似铁。
把莺莺扶上七香车,
君瑞攀鞍空自撷,
道得个冤家宁耐些。(【出队子】)
马儿登程,
坐车儿归舍。
马儿往西行,
坐车儿往东拽。

---

[1] 原注:董解元《西厢》有《暖红室汇刻传奇》本(刘世珩编订)。

两口儿离得远如一步也。(【尾】)

【仙吕调】落日平林噪晚鸦,
风袖翩翩催瘦马,
一径入天涯。
荒凉古岸,
衰草带霜滑。
瞥见个孤林端入画,
篱落萧疏带浅沙;
一个老大伯捕鱼虾。
横桥流水,
茅舍映荻花。(【赏花时】)
驼腰的柳树上有鱼槎,
一竿风筛茅檐上挂。
澹烟潇潇,
横锁着两三家。(【尾】)

像这样美丽的、俊秀的、盈盈如少女般的,所谓曲的新诗体,在这时候(金章宗时约1190—1208)的诸宫调也已用到它成为其中弹唱的部分,则我们可断定散曲在这时已有了同样美妙的作品了。

《刘知远诸宫调》的作者也是位和董解元一样具有伟大天

才的诗人。但董曲是以"工丽"胜，而这位无名氏的作者却以极浑朴、极本色的俗语方言，来讲这个动人的故事，已开曲的"本色"一派的先路。兹录一调为例：

【道宫】鼓掌笋指，
那知远目下长吁气。
独言独语，
怎免这场拳踢。
没事尚自生事，
把人寻不是，
更何况今日将牛畜都尽失。
若还到庄说甚底！
怕见他洪信与洪义，
劝人家少年诸子弟，
愿生生世世休做女婿。
妻父妻母在生时，
我百事做人且较容易。
自从他化去，
欺负杀俺夫妻两个凡女。
鸠着嘴儿厮罗执灭良，
削薄得人来怎敢喘气！
道是长贫没富多不易，

> 酸寒嘴脸只合乞,
> 百般言语难能吃,
> 这般材料怎能发迹。(【解红】)
> 大男小女满庄里,
> 与我一个外名难揩洗,
> 都爱人唤我刘穷鬼。(【尾】)

诸宫调之外,又有所谓"赚词",它的产生较后于诸宫调,但它并不是诸宫调的同群,乃是"大曲"的一家,它是取一宫调中许多不同的曲牌组织起来以成一全体,已打破大曲反复的单以一个曲调来唱歌的,像后来的诸宫调中的歌曲的结构,似颇受到它的影响。吴自牧《梦粱录》云:

> 绍兴年间有张五牛大夫,因听动鼓板中有《太平令》或赚鼓板(即今拍板大节抑扬处是也),遂撰为赚。赚者误赚之意,正堪美中听,不觉已至尾声,是不宜为片序也。又有覆赚,其中变花前月下之情,及铁骑之类。(卷二十)

这已把"唱赚"的历史说得详细。此外耐得翁的《都城纪胜》也有同样的记载,但这种赚词传于今者已如"凤毛麟角"。王国维曾于《事林广记》(戊集卷二)里发现了名为"圆社市语"的一篇赚词,其前且有唱赚规例(见《宋元戏曲史》第四章)。

它的结构是这样的:

【中吕宫】相逢闲暇时,
有闲的打唤瞒儿,
呵啰声啾道肷厮,
俺嗏欢喜,
才下脚,
须知美。
试问伊家有甚夹气,
又管甚官场侧背,
算人间落花流水。(【紫苏丸】)
把金银锭打旋起,
花星临照我,
怎躲避?
近日闲游,
因到花市帘儿下,
瞥见一个表儿圆,
咱每便着意。(【缕缕金】)
生得宝妆跷,
身分美,
绣带儿缠脚,
更好肩背,

画眉儿入鬓春山翠,
带着粉钳儿,
更绾着朝天髻。(【好女儿】)
……(【大夫娘】)
……(【好孩儿】)
春游禁陌,
流莺往来穿梭戏,
紫燕归巢,
叶底桃花绽蕊。
赏芳菲,
蹴秋千高而不远,
似踏火不沾地,
见小池风摆,
荷叶戏水。
素秋天气,
正玩月斜插花枝,
赏登高佶料沙羔美。
最好当场落帽,
陶潜菊绕篱。
仲冬时,
那孩儿忌酒怕风,
帐幕中缠脚忒稔腻。

讲论处下梢团圆到底，
怎不则剧。(【赚】)
……(【越恁好】)
……(【鹘打兔】)
五花丛里英雄辈，
倚玉偎香不暂离，
做得个风流第一。(【尾声】)

这个是载《事林广记》，但未明为何时人所作。王国维氏断为南渡之后的作品。他说此词前有"遏云要诀"，"遏云"为南宋歌社之名。《武林旧事》(卷三)道："二月八日为相川张王生辰，霍山行宫朝拜极盛，百戏竞集，如绯绿社(杂剧)、齐云社(蹴球)、遏云社(唱赚)……"吴自牧《梦粱录》(卷十九)"社会"条下亦载之。这样赚词既流行于当时，《西厢记诸宫调》的歌曲里有用赚处，元剧的歌词里也有用赚处，可见它的影响是很伟大的了。

二

散曲之嬗蜕的过程既已明白，我们可进而讨论散曲的体制。散曲通常分为"南""北"二类，北曲为流行于金元及明初的东西。南曲则其起源虽较北曲为早，其流行却到元末明初了。

南曲和北曲的出现虽有早晚,但其最初的萌芽是同一从词里蜕化出来的。盖当南宋之际,金人南下而牧马,占领了中国中原之地,在社会流行的可唱的词,流落于北方,后来和"胡夷之曲"及北方的民歌谣俗合,便成为北曲的雏形。其后蒙古入中原,加以渐渐的改变,于是到了元初才有正则的北曲出现于文坛之上。明人骚隐居士《衡曲麈谈》[1]说:

> 自金元入中,所用胡乐嘈杂缓急之间词不能按,乃更制新词以媚之;作家如贯酸斋、马东篱辈咸富于学,兼擅音律,擅一代之长……大江以北渐染胡语。(页二)

徐渭《南词叙录》[2]说:

> 今之北曲盖辽金北部杀伐之音,壮伟狠戾,武夫马上之歌流入中原,遂为民间之日用。宋词既不可被弦管,南人亦遂尚此。上下风靡,浅俗可嗤。(页二)

徐氏和《麈谈》所记,已将北曲的成因说得很为明白。盖北方胡马之地,天高风紧,他们的音乐,自然也脱不了那种金戈铁马的气概;一与汉人相接,中原的音韵,便呈一种剧变而

---

[1] 原注:《衡曲麈谈》一卷有《曲苑》本。
[2] 原注:《南词叙录》一卷有《曲苑》本。

为庄严雄健之音。

徐渭在《南词叙录》又说:

> 听北曲使人神气鹰扬,毛发洒淅,足以作人勇往之志,信胡人之善于鼓怒也,所谓其声噍杀以立怨是已。(页六)

南曲的起源大约与北曲同时,或者还比较的稍前些。它的成因,也是由于金人南侵,许多的文人艺人,随着政治的转移南渡;于是"词"便流存于南方,又和南方的"里巷之曲"结合而为南曲。其后,蒙古人入主中国,胡语流行,不能欣赏南方的音乐,南曲便渐渐失去社会的注意,于是南曲浸衰而元代遂为北曲盛行的时代。到了朱明以南方平民揭竿起事,把元人逐回漠北,定都金陵;南人的势力,一旦恢复,于是南曲也跟着南人的嗜好重露头角。徐渭《南词叙录》里也说:

> 南戏始于宋光宗朝,永嘉人所作《赵贞女》《王魁》二种实首之……或云(祝允明)宣和间已滥觞,其盛行则自南渡,号曰"永嘉杂剧"。又曰"鹘伶声嗽",其曲则宋人词而以里巷歌谣不叶宫调,故士大夫罕有留意者。元初北方杂剧流入南徼,一时靡然向风,南词遂绝,而南戏亦衰。顺帝朝忽又亲南而疏北,作者猬兴,语多卑下,不若北之有名人题咏也。永嘉高经历明避乱四明之栎社,乃作《琵

琶记》，用雅丽之词以洗作者之陋，于是村坊小伎，进与古法部相参，卓乎不可及已……高皇帝即位，闻其名，使使征之，则诚佯狂不出，高皇不复强，亡何卒。时有以《琵琶记》进呈者，高皇笑曰："五经四书，布帛菽粟也，家家皆有；高明《琵琶记》如山珍海错，富贵家不可无。"既而曰："惜哉，以宫锦而制鞋也。"由是日令优人进演，寻患其不可入弦索，命教坊奉銮史忠计之，色长刘果者遂撰腔以献。南曲北调可于筝琶被之，然终柔缓散戾，不若北之铿锵入耳也。（页一）

他这已把南曲渊源说得很明白了。我们于此应注意者：（一）其曲则宋人词而益以里巷歌谣，（二）南曲则元代尚不为社会所注意，（三）高明为南曲最早的一位作家，（四）明初南曲尚不大盛（其盛在弘、正以后），盖"柔缓散戾，不若北之铿锵也"。

无论南曲或北曲，在它本身的结构上皆可分为两种不同的定式，即"小令"与"散套"的两类。何谓小令，何谓套数，在燕南芝庵先生《唱论》里说"有尾声名套数"（见杨朝英《阳春白雪》[1]前一），这不过就普通情形而言罢了。但元曲散套已多无尾声，明曲又多无尾声的散套。可知这种分别是不妥当的。我们平常看到套数普通的情形是这样的：（一）至少二首以上同

---

[1] 原注：《阳春白雪》十卷，有元刊本，有《散曲丛刊》本。

宫调的曲牌相联,(二)有尾声,(三)首尾一韵。但在这三点中,自小令有"重头"的一体而后,无论南曲或北曲,所谓(一)不必散套如此;至于(二)往往无论南北,更都不尽是如此;现在所余只有(三)项为南北套的定规了。所以散套与小令的区别,并不在一大一小,一短一长,一单一复,一有尾声,一无尾声。它们最主要的区别,即小令无论单复都可首各为韵。论散套则无论长短,全套要必叶一韵。小令与散套的区别既已明白,再进而研究它们的体段。任中敏在《散曲概论》"体段第四"里对于小令和散曲的体段,曾列一简明的表:

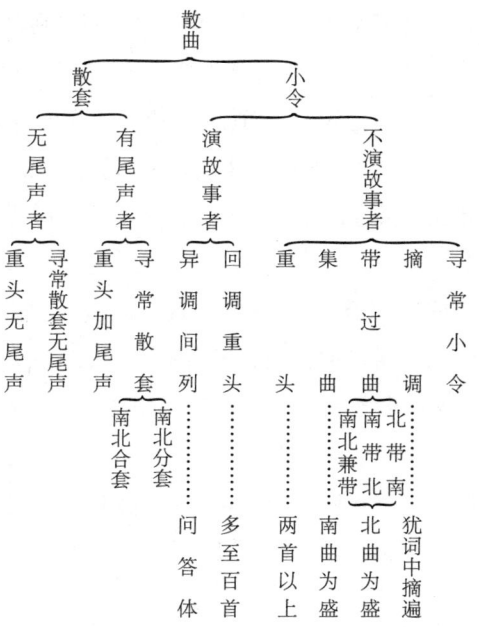

小令起源于词的小令（参看上例李煜的《长相思》与关汉卿的《大德歌》），是单一的简短的抒情歌曲（他的本意：因体制较为短小，对于成套之曲而言，与词中所谓五十字以内之小令不同），小令的曲牌，常是一个，且一首一韵到底。但也有例外的，像：

（一）带过曲——这种初仅北曲小令中有之。后来南曲内与南北合套内也偶尔仿用了。何谓带过曲？它的解释，是作者填一词完毕之后，意犹有余未尽，于是再续拈一他调，且这两调之间的音律，又适能相接衔。倘作者两调犹嫌不足时，更可以再拈一调，但到三调为止，即不能再添，若欲再添只好改作套了。至带过曲调式，任中敏《散曲概论》录有三十四调，但前人最习用之格式亦不过五六调而已（【正宫·脱布衫带小梁州】【南吕·骂玉郎带感皇恩采茶歌】【双调·水仙子带折桂令】【双调·雁儿落带得胜令】【双调·沽美酒带太平令】【双调·对玉环带清江引】）。

（二）集曲——如词中之犯与摊破，颇流行于南曲里。它的形式，与北曲之带过曲相当，但内容实不相同。即带过曲不过取许多整个之调相连续之，然其名仍用各调的原名相连。如【雁儿落带得胜令】之类。但集曲就不是这样了，它是取各曲中零句合而成为一个新调的：例如【罗江怨】（一名【楚江情】）便是摘合了【香罗怨】【皂罗袍】【一江风】三调中各数句而成的。又如梁辰鱼的《江东白苎集》[1]（续下）所载【九疑山】【巫山十二峰】两曲，乍视其名似为一单调，实则【九疑山】系九调，【巫山十二峰】由十二调之句法参杂而成的。集曲最长者莫如三十腔，乃于三十枝不同之调中摘句合而成为一新调。真乃"非套非令"，元人的体制到此荡然无一毫存留了。

（三）重头——即以头尾相同之调，一再重复用之，歌咏一件连续的或同类的景色或故事。例如元张可久四首【卖花声】小令，咏春、夏、秋、冬四景。或竟以一百首【小桃红】小令咏唱"西厢故事"（惟每首韵各不同），小令而至重头，它的为用渐渐大了。我们先看张可久的曲：

> 冬冬箫鼓东风暖，
> 是处园林景物妍，
> 一春常费买花钱。
> 春郊游玩，
> 西湖筵宴，
> 乐陶陶满斟频劝。（《四时行乐》的《春》）
> 澄澄碧照添波浪，
> 青杏园林煮酒香，
> 浮瓜沉李雪冰凉。

---

[1] 原注：《江东白苎》二卷，续二卷，有《曲苑》本。

纱橱藤簟，

旋蒭新酿，

乐陶陶浅斟低唱。(《四时行乐》的《夏》)

潇潇鞍马秋云冷，

一带西山锦画屏，

功名两字几飘零。

东篱潇洒，

渊明归兴，

乐陶陶故园三径。(《四时行乐》的《秋》)

阴风四野彤云密，

缭绕长空瑞雪飞，

销金帐里笑相偎。

毡帘低放，

满斟琼液，

乐陶陶醉了还醉。(《四时行乐》的《冬》)

　　这是张可久【卖花声】四首重头，总题为《四时行乐》，而各首分题则为春、夏、秋、冬。且春叶欢桓，夏叶江阳，秋叶庚亭，冬叶支时；阕各一韵，亦阕各一咏，这是重头的较简之例。重头之多者莫如明李开先百阕【傍妆台】，王九思和之各重至一百首（两种合刻名《南曲次韵》）。此外如《雍熙乐府》

(卷十九)[1]所录的《摘翠百咏小春秋》[2]【小桃红】百首重头,且为叙述故事者。兹摘录百之八以尝一脔:

> 清白相国重当朝,
> 这妮子先不肖。
> 泼贱奴才听他调,
> 往来挑,
> 谁知养下家生哨。
> 把咱气倒,
> 等他来到,
> 粗棍打折腰。(五十九,《事闻夫人》)
> 若还你到母亲前,
> 见责休埋怨。
> 款里慢把良言劝,
> 问根源,
> 觑些喜怒承机变。
> 望姐姐可怜,
> 替说些方便,
> 善为我辞焉。(六十,《红行莺嘱》)

---

[1] 原注:《雍熙乐府》二十卷,明郭勋编,有明刊本(北平图书馆藏),有《四部丛刊续编》本。
[2] 春秋 底本"秋"后衍一"也"字,据文意酌删。

叮咛行坐守闺房,
谁料你将心放。
夜静更深没拦当,
小花娘,
勾引小姐同胡创。
有何勾当,
因甚狂荡,
实与我说行藏。(六十一,《夫人诘红》)
家翻宅乱闹啾啾,
唬的我难开口,
恼犯尊颜怎收救。
没来由,
自家揽得愁来受。
雨点似棍抽,
火急般追究,
做媒的下场头。(六十二,《红娘受责》)
既然奶奶问根苗,
只索从头道。
当日寺中解危闹,
那功劳,
至今一向何曾报。
俺姐姐意好,

怕哥哥心恼,
因此效凤鸾交。(六十三,《红答夫人》)
这场烦恼怎周折,
老母寻枝节。
暗箭连珠把人射,
枉咨嗟,
兢兢战战心乔怯。
脸儿羞怎遮,
怀儿愁怎卸,
有甚话儿说。(六十四,《莺莺自念》)
尊前敢掉巧舌头,
有事当穷究。
看了张生那清秀,
本风流,
胸中志气充牛斗。
与姐姐既有,
望奶奶将就,
结末了燕莺俦。(六十五,《红劝夫人》)
养女从来气不长,
恼得我魂飞荡,
家丑不可外谈扬。
这一场,

> 吞声忍气难和他讲。
> 沉吟了半晌，
> 你说的言当，
> 何必再商量。（六十六，《夫人允诺》）

此外，在小令中尚有所谓"异调间列体"，乃散曲小令之别体。这个名字前人并没有用过，始见于任中敏的《散曲概论》。但这种体的作品，除《乐府群玉》[1]（卷二）所载王日华与朱凯合作的"双渐小青问答"外，恐别无第二曲了。

散曲中的套数起源于宋大曲（参前董颖《薄媚》）及唱赚（参前圆社市语），至诸宫调而套数之法乃大备（参前《董西厢诸宫调》）。套数的组成普通有三种情形：（一）至少二首同宫调之曲牌相联（若宫调虽异，而管色相同者亦可互借入套），元人最长的套数如刘致《上高司监》【正宫·端正好】套（参阅本书章二）有三十四调之多。（二）有尾声，以示全套之乐已阕。（三）首尾一韵（此层最为紧要）。南套全部分为"引子""过曲""尾声"，三个不同之曲牌始成为一套。北套至少须有一正曲及一尾声。但无论套数长短，无论使用若干首的曲牌，从首到尾必须一韵到底，这是套数颠扑不破的规律。

套曲之外，在元末的时候又有所谓"南北合套"的新调出

---

[1] 原注：《乐府群玉》，有明钞本，有《散曲丛刊》本。

现之于曲坛。元钟嗣成《录鬼簿》[1]云：

> 范居中（杭州人，有乐府及南北腔行于世）第二期人。
> 沈和（字和甫，杭州人，能词翰，善诙谐，天性风流，兼明音律，以南北调合腔自和甫始），第二期人。

看他们两个人想必在北曲之外，兼作南曲的。他们或者是取北曲的长处，而变革南宋所遗留的南曲的旧体，创造南北合腔的新调，以取得两者对立的地位。南曲的复活和改革的气运，想必就在这个时候开始了。任中敏曾说出南北合套诞生的原因道：

> 盖北曲每套限一人唱，歌者久以为苦，南北声音又各有所偏，宜相调和，二者融合成套，则各救其弊，得中和之美矣。此种在剧曲与散曲中，并行不废……（《散曲概论》卷一，页二九）

我们于此可以知道，这南北合套的出现，反在今知纯粹的南曲散套的出现以前。由此可知南曲的存在，是在较今所知的时候为久远的了。

---

[1] 原注：《录鬼簿》有《楝亭十二种》本，有《王忠悫公遗书》本。

三

关于散曲嬗蜕的历史及其体段上的种种形式，已经说了个大概，兹更进而叙述元明两代散曲派别的演进，及本书之分期的标准。先叙元代——散曲在元代，是它的黄金时代，在这时作家之盛和作品的丰富，好像雨前层云般的推推拥拥地走向无垠的天空。就它的作者讲：上至于达官贵人（如刘秉忠、卢挚），下而优倡妓妾（如黑老五、大都行院王氏），以至蒙古人（如贯云石、阿里西瑛）……无不在试作着。至就它的内容而论：有黄冠体（如乔吉的【水仙子】），有草堂体（如张可久的【水仙子】《闲乐》），有楚江体（如张可久的【普天乐】《秋怀》），有香奁体（如陈克明的【一半儿】《春醉》），有骚人体（如杜遵礼的【醉中天】《佳人黑痣》），有俳优体（如王鼎的【拨不断】《胖夫妻》），以及承安、玉堂……若说到应用一方面：有用之嘲谑的（如王鼎《嘲胖夫妻》），有用之劝戒的（如刘庭信的《戒嫖荡》），有怀古的（如虞集【折桂令】《三国蜀汉事》），有讽刺的（如曹明善【清江引】《长门柳》），有警世的（如张养浩【红绣鞋】），有咏物的（如刘秉忠【干荷叶】）。有用以叙离别之情的（如卢挚【落梅风】《送别珠帘秀》），有用以写幽会之辞的（如关汉卿的【新水令】套）。甚而以散曲为说帖的（如刘致的《上高司监》【端正好】二套），代贺表（如吴仁卿的《斗鹌鹑》套）及敷陈故事的（如王晔与朱凯合作的《题双渐小青问答》）。

总之，凡在词的园囿之内的一切万象，而散曲也无不包罗着（实际较词应用尤广）。

但元曲何以如此发达呢？我以为有二：（一）元代的废科举，（二）民族间的不平等。关于（一）王国维《宋元戏曲史》[1]道：

> 余则谓元初之废科目，却为杂剧发达之因。盖自唐宋以来，士之竞于科目者，已非一朝一夕之事，一旦废之，彼其才力无所用，而一于词曲发之。且金时科目之学，最为浅陋（观刘祁《归潜志》卷七、八、九数卷可知），此种人士失所业，固不能为学术上之事；而高文典册，又非其所素习也；适杂剧之新体出，遂多从事于此。而又有一二天才出于其间，充其才力，而元剧之作，遂为千古独绝之文字。（第十章《元剧之时地》）

王氏此种见解很是对的，他虽是说的元杂剧，但散曲的发达亦是这样的。至沈德符《野获编》[2]（卷二十五）及臧晋叔《元曲选序》均谓蒙古时代曾以曲取士，作者且借此为进身之阶，那便不可靠了。

（二）元代以异族入中国，对待汉人颇为刻苦，而不使之居

---

[1] 原注：《宋元戏曲史》有《文艺丛刊》本。
[2] 原注：《野获编》有《学海类编》本。

高位。这些才智之士,既不得志于有可,乃愤而作曲以写他们的不平之气,这亦为元曲特盛的惟一原因。明胡侍的《真珠船》曾写蒙古时代民族的不平等道:

盖当时台省元臣,郡邑正官,及雄要之职,中州人多不得为之,每沉抑下僚,志不得伸。如关汉卿乃太医院尹,马致远行省务官[1],宫大用钓台山长,郑德辉杭州路吏,张小山首领官。其他屈在簿书,老于布素者尚多有之;于是以其有用之才,而一寓之于声歌之末,以抒其拂郁感慨之怀,所谓不得其平而鸣者也。(焦循《剧说》[2]引)

关于元曲发达的原因既已明白,可进而叙述元代的散曲作家。

元代散曲作家据近人搜讨的结果,竟有二百二十七人之谱,但实际或许较这个数目更多。在这许多的作家们活动的时代,可以分为两个不同的时期:

第一期从金末到元大德年间(约1234—1300)的六十余年,相当于钟嗣成《录鬼簿》上所说的"前辈名公"的时代。

第二期便是由大德间至元末(1300—1367)的六十余年,

---

[1] 行省务官 底本作"省行务官",据《中国古典戏曲论著集成》第8册《剧说》(P.99)改。
[2] 原注:《剧说》六卷有《曲苑》本,《读曲丛刊》本。

相当于《录鬼簿》作者钟嗣成时代。

在这第一期的作家中，可依照他们作风的不同，分为清丽的、豪放的两派。属于清丽派的如关汉卿、王和卿、王实甫、杜善夫、商挺、杨果、刘秉忠、胡祗遹、姚燧、元好问、白朴、卢挚等十二人。他们这些人的地位虽然有些不同，但他们"清丽隽美"的作风，却好像是有共同的似处；只有杜善夫、王和卿等数人作品时露诙谐的风趣而已。属于豪放派的重要作者，如马致远、冯子振、张养浩、鲜于枢、鲜于必仁、刘致、马九皋、邓玉宾、贯云石等九人。在这些人中大都是带着厌世的和恬退的思想，所以他们在散曲中所表现的，也都离不开宴会妓乐和山水的歌颂，以及无可奈何的刹那的享乐主义。

第二期的散曲坛上较之第一期更为热闹，尤其号为清丽一派的作家更是层出不穷；如夏云之骤起，如波浪之汹涌；如雨后春花怒放开到好境。在第一期，散曲的作家还只是戏曲家的副业，像关汉卿、马致远、白朴诸人之所作，也不过一时遣兴抒怀而已。卢挚、冯子振、贯酸斋比较可算是散曲的专业者，但他们之所作也不过是草创时代的产物。迨到第二期张可久、乔吉出来，散曲始成了文人的专业。张、乔之外，其专工散曲者如吴西逸、秦竹村、吕止庵、宋方壶、李爱山、王爱山、曹明善、钱子云、顾君泽、徐再思、董君瑞、高安道、刘庭信、吴仁卿、周文质、赵善庆、王仲元、任昱、王日华诸人。至以杂剧兼作散曲者，以郑德辉、曾瑞、睢景臣为最著。此外，像编《太平乐府》《阳春白雪》[1]的杨朝英,著《中原音韵》的周德清,作《录鬼簿》的钟嗣成,也都在很努力地试作散曲,形成一个很热闹的散曲的黄金时代。

但在这些作家中,我们也可以分为两派:即清丽与豪放。属清丽一派的人物,如张可久、乔吉、徐再思、吴仁卿、曹明善、周文质、赵善庆、王仲元、高克礼、钱霖、任昱、王晔、郑德辉、曾瑞、睢景臣、周德清等十六人。在这些作家中,除了曾瑞、睢景臣二人的作品时露着异样的风趣,与第一期的王和卿、杜善夫相近外,其余诸家,大多数的散曲是清新隽美的。至于这期的豪放派,却不见得怎样出色。除了杨朝英、钟嗣成、刘庭信三人的作品,可勉强地归入豪放派外,其余的便再难寻到了。总之,在元代的散曲坛上,第一期是马致远们的豪放派占着优势,但关、王诸人的清丽派亦略可与之旗鼓相当。第二期便是张可久所领导的清丽派的独霸时代,豪放一派便恹恹无生气了。

元代散曲的发展是基于民族间的不平等,于是才智之士既不得志于有司,乃愤而作曲以寄其不平之鸣,这在上面我们已经讲过了。到了明代,虽然解除了民族间的不平等,但所谓"读书种子"出身的大诗人们,仍不能得到这位"流氓皇帝"的青睐。譬如明初的文坛上几位著名的诸大家,像王冕、倪瓒、戴

---

[1]《阳春白雪》 底本作"《阳春白云》",据该著书名改。

良、杨维桢……无不直接或间接死在流氓皇帝朱元璋的手里；少年诗人高启之死，乃是以文字贾祸，其被难尤为惨酷（高启是被腰斩的）。刘伯温为朱元璋逼迫出山，非其本愿，迨打平天下之后，仍不免于一死。我们读到这段诗史，其不愉快的心情，久久不能自已，实不下于元朝异族入中原后之虐视汉族的文人。朱元璋他简直是一位流氓，他对于文字鉴赏的程度，恐怕比汉高祖刘邦尤为卑下。所以他只能作像《皇陵碑》《朱氏世德碑》（见《七修类稿》）那样很直率的白话文字吧。因此在明初的文坛上，号为正统文学的诗词古文，都恹恹无生气，倒反是近于白话的曲，因为适合于流氓皇帝口味之故，却异样地流行起来了。徐渭《南词叙录》曾记朱元璋甚喜高明的《琵琶记》：

永嘉高经历明……辛时有以《琵琶记》进呈者，高皇笑曰："五经四书，布帛菽粟也，家家皆有。高明《琵琶记》如山珍海错，富贵家不可无。"（明姚福《青溪暇笔》、黄溥言《闲中今古录》均记此语）

又明刘辰《国初事迹》所记乐人张良才之事，亦可知明祖之喜嗜乐曲：

洪武时令乐人张良才说评话，良才因做场擅写省委教坊司招子，贴于市门柱上，有近侍言之太祖曰："贱人小辈

不宜宠用",令小先锋张焕缚投于水。(焦循《剧说》引)

李开先序张可久乐府曾说:"洪武初年,亲王之国,必以词曲千七百本赐之。"这倒是很可注意的几句话。我们再证以明代帝王及宗室之多能解音律(如明宣宗朱瞻基,宗室如宁献王朱权、周宪王朱有燉尤为杰出),而宁献王的《太和正音谱》,现在犹为论曲者时时所称引,至于周宪王的散曲集《诚斋乐府》,在明初的散曲坛上占着很高的地位。"上有好者,下必有甚焉",于是明代便成了散曲的第二黄金时代。元代的散曲,分为两个时期,至于明代散曲的演进,可分为三期:

第一期由洪武初至成化末(1368—1487)的百余年的曲坛,这一期所包括的作家,大多数由元入明者,如:王子一、刘东生、王文昌、谷子敬、蓝楚芳、陈克明、李唐宾、穆仲义、汤舜民、贾仲明、杨景言、苏复、杨彦华、杨文奎、夏均政、唐以初(即《正音谱》国初十六人)。但本书只举几位较重的,如汪元亨、唐以初、汤舜民、刘东生、高明等五人及明宗室朱有燉,加以叙述而已(明宣宗的小曲附于本书之末)。

第二期由弘、正至嘉靖时,即昆曲未流行之前(约1488—1521),在这期中本书用两章叙述之,即:章六《昆曲未流行前的豪放派》,此派作者有康海、王九思、李开先、常伦、王越、韩邦奇、韩邦靖、杨循吉、王守仁、冯惟敏等十人;与章七《昆曲未流行前的清丽派》,此派作者有王磐、王田、金銮、杨廷和、杨慎夫妇、唐寅、祝允明、陈铎、陈所闻、沈仕等十一人。

第三期自嘉靖至明末（约1522—1644），这期包括三派，即章八《昆曲起来后的白苎派》，如梁辰鱼、郑若庸、张凤翼、朱应辰、屠隆、冯梦龙、袁晋等七人；章九《嘉靖后的吴江派》，如沈璟、王骥德、史槃、卜世臣、沈自晋等五人；及章十《梁、沈以外曲家》，如施绍莘、徐石麒等二人，并附明代的小曲作家，如朱瞻基、刘效祖、赵南星等三人。

在明代第一期的散曲上，北曲是依旧保有元曲的余势蓬蓬勃勃地滋生着，并未显出衰老的气象。像《太和正音谱》[1]列举的"国初一十六人"，有许多是生在元末而至明初尚生存的，这些人都是北曲的专家。此外，贾仲明的《续录鬼簿》[2]中所载这期的曲家尤多。但这些作家中除了很少数的几个人外，现在都无从考查他们的来历了。

说到南曲，在这时也由无人知的暗隅里抬头而出，渐渐地占领了曲坛的重要的地位，虽然在陈所闻《南宫词纪》[3]（卷六）所载的题作"元人"《道情》【浪淘沙】一首，但不甚可靠。南曲最早的一位作家，殆当为《琵琶记》的作者高明而无疑了。

王世贞在《艺苑卮言》[4]里说：

---

[1] 原注：《太和正音谱》二卷，有《啸余谱》本，《涵芬楼秘笈》石印本。
[2] 原注：《续录鬼簿》有天一阁钞本（鄞县孙氏藏）。
[3] 原注：《南北九宫词纪》十二卷，有明刊本。
[4] 原注：《艺苑卮言》一卷，《弇州四部稿》本，《广百川学海》本（题名《曲藻》）。

但大江以北渐染胡语,时时采入,而沈约四声遂阙其一。东南之士,未尽顾曲之周郎,逢掖之间,又稀辨挞之王应,稍稍复变新体,号为南曲,高拭(拭系明之误)遂掩前后。

王应的来历,无从考证,而且他所作的曲文,至今亦未传下,但高明的南曲【商调·二郎神】《秋怀》一套,现在尚可以在《南宫词纪》里看到。此外,像以写作《娇红记》著名的刘东生,也写着南曲。如他的套曲《秋怀》云:

簟展湘纹新凉透,
睡起红绡皱,
无言独依楼。
一带寒江,
几树疏柳,
牵惹别离愁。
天回苍山瘦。(【双调·步步娇】)

此外,诗家杨铁崖也有南曲传世。他们的作品虽不多,但南曲在当时取得北曲的长处,加以变革而复活的事实,却是很明白的。在这期稍后的南曲家要算是《诚斋乐府》的著者朱有燉了。他的乐府中亦有南曲,如有名的【双调·柳摇金】,凡四篇，设为诚风情、风情答，及再诚、再答：

> 风情休话，
> 风流莫夸，
> 打鼓弄琵琶。
> 意薄似风中絮，
> 情空如眼内花，
> 都是些虚牌烟月，
> 担搁了好生涯。
> 想汤瓶是纸，
> 如何煮茶！

在朱有燉的散曲《诚斋乐府》中，虽然十之八九多是过于端谨的东西，但这曲倒不见得怎样的陈腐。最后我再总一句说，在第一期中，我们应注意的两方面：（一）北曲仍保有元代的余势，（二）南散曲却也在此时抬起头来，虽然作家寥寥，但已开以后一百几十年南曲隆盛的先声了。

第二期从弘治到嘉靖间，这时昆曲尚未起来，散曲坛上仍然是北曲占着优势，但同时南曲亦渐渐抬起头来，要与北曲分庭抗礼。大作家亦渐渐地出现于散曲坛上，不比第一期的寥若晨星了。如果我们将这期作家的作风来分，仍然可以分豪放与清丽的两派。属于前一派的如康海、王九思、李开先、常伦、冯惟敏等，他们可说是近接汪元亨而远绍元代马致远的豪放一派。属于后一派的，如王磐、金銮、杨慎夫妇、唐寅、祝允明、陈铎、陈所闻、沈仕等，他们都是远承张可久的清丽一派。这两派的作者，各自人才济济，旗鼓相当，分霸了南北的曲坛（任中敏《散曲概论》分康海、冯惟敏、王磐、沈仕各自为一派。兹合并之，康、冯为一派，王、沈为一派）。

复次，我们如果以南北曲来分这期的作家，则康（海）、王（九思）、李（开先）、常（伦）、王（磐）、杨慎夫妇，可代表北曲的作者。像陈（铎）、沈（仕）、唐（寅）、祝（允明），可代表南曲作家。但这不过是约略分之而已。实在说，康、王、常的集中，亦何尝没有南曲的作品，而陈、唐便是北曲作家中的健者。然而由此我们可以证明，在这一期中，南曲和北曲的确是并驾齐驱了。明《衡曲麈谈》曾评论这期的作家，兹录之当做这期的结论：

> 国初作者王子一辈十六人仅传其名，词未及见。后起如杨升庵颇有才情，所著有《洞天玄记》《陶情乐府》，流脍人口……杨夫人亦饶才学，最佳者如《黄莺儿》"积雨酿轻寒"一曲，字字绝佳，杨别和三调，俱不能胜，固奇品也。北人如王渼陂、康对山翩翩佳致，其后推山东李伯华，伯华以《傍妆台》百阕为对山所赏，今其词尚在，不足道……大声金陵将家子，所为散套尚多借袭，而才情

亦浅，然字句流利，可入弦索，如《三弄梅花》一阕，颇称作家，固知好句不在多得。王舜耕《西楼乐府》（此当指王磐而言）较为警健，题赠亦善，调谑而少风人之蕴藉。常楼居自有乐府，词气豪逸，亦未当行……吴中以南曲名者祝希哲、唐伯虎……京兆能为大套，富丽而多驳杂，解元小词，纤雅绝伦……吾乡之沈青门峻志未就，托迹醉乡，其辞冶艳出俗，韵致谐和，入南声之奥室矣。

  第三时期即是包括嘉靖时昆曲的起来以迄明亡而言。昆曲的起来，在南戏曲上起了一个绝可惊奇的变动，也可说在南戏上这个变动是一个极大的进步。但在散曲一方面讲，昆腔的起来，不惟不能使南散曲发扬光大，跟着南戏作并驾齐驱的猛进，反而因过度受音律的束缚而至于拘牵凝固。这时的北散曲虽然因昆腔的排挤"寿终正寝"，但南散曲亦"文雅蕴藉，细腻妥帖"，柔靡得恹恹无生气，同时元人苍莽萧爽、亢直激越的遗风，到此已不复存在了。加以这时的沈璟一派，又好翻曲与集曲，"活文字则死之，新意境则腐之"，真是"点金成铁"，南散曲更随之沉没九渊了。

  关于昆腔起来之后对于明代散曲的影响既已明白，我们可再回头探讨昆腔的起源。关于昆腔的诞生，据诸书所载，大抵皆以魏良辅为首。良辅初习北曲，被北人王友山所绌，退而镂心南曲，足迹不下楼者十年。当时南曲大抵平直而无意致，良辅加以改良，转喉押调，度为新声，徐疾、高下、清浊之数，一从本宫，取字齿唇之间，迭换巧掇，时时以深邈助其凄泪；吴中老曲师如袁髯、尤驼辈，皆瞠乎自以为莫及。我们先看胡应麟《笔谈》曾记载昆曲诞生的历史道：

> 魏良辅（嘉隆间人——据陈其年《赠歌者袁郎》诗[1]）别号尚泉，居太仓南关，能谐声律，若张小泉、季敬坡、戴梅川之类，争师事之。梁伯龙起而效之，考订元剧，自翻新调，作《江东白苎》《浣纱》诸曲。又与郑思笠精研音理，唐小虞、郑梅泉五七辈杂转之，金石铿然，谱传藩邸戚畹，金紫熠爚之家，取声必宗伯龙氏，谓之昆腔；张进士新勿善也，乃取良辅校本，出青于蓝，偕赵瞻云，雷粤民，与其叔小泉翁，踏月邮亭，往来唱和，号为南马头曲。其实禀律于梁，而自以其意稍为韵节，昆腔之用，不能易也。（焦循《剧说》卷二引）

胡氏已把昆腔的小史说得很为明白了。良辅既创制昆腔，当时善吹洞箫者有苏州的张梅谷，工笛子者有昆山的谢林泉，都与良辅相善，以箫管伴奏其唱曲（清余怀《寄畅园闻歌

---

[1] 原注：嘉隆之间张野塘，名属中原第一部。是时玉峰魏良辅，红颜娇好持门户。一从张老来娄东，两人相得说歌舞。（陈其年《赠歌者袁郎》诗句）

记》)[1]，名歌手而得着名乐工的陪衬，倍觉生色。益以后继得人（如乐才两全的梁辰鱼）以及名家的鼓吹（如徐渭），于是昆腔更见优美充实，盛旺一时了。总之，南曲自昆腔以后，始另换一面目，而进于正则的严格的规律之路。它的影响于散曲者其功在此，其罪亦在此。

南曲自昆腔起来之后，一时便独霸了曲坛。沈德符说："自吴人重南曲，皆祖昆山魏良辅而北词遂废。"（《顾曲杂言》）沈氏著《顾曲杂言》在万历之末，去良辅创昆腔之时不过三四十年，而昆腔的势力已是如此之盛，北曲当然更无立足余地了。盖北曲在嘉隆间即已不振，仅仅成为一二怪僻的嗜好者所专有的东西。沈德符《顾曲杂言》[2]也这样的说：

> 嘉隆间（1522—1572）松江何元朗畜家僮习唱，一时优伶俱避舍，然所唱俱北词，尚得金元遗风；余幼时独见老乐工二三人，其歌童也，俱善弦索，今绝响矣。何又教女鬟数人，俱善北曲，为南教坊顿仁所赏，顿随武宗入京，数传北方遗音，独步东南，暮年流落，无复知其技者，正如李龟年江南晚景。（页三）

这都可以看出当时北曲衰落的情形来，周在浚的《金陵古

---

[1] 原注：见《虞初新志》卷四。
[2] 原注：《顾曲杂言》一卷，有《学海类编》本，有《曲苑》本。

迹》诗云:"顿老琵琶奉武皇,流传南内北音亡。如何近日人情异,悦耳吴音学太仓。"诚然,万历以后,太仓的昆曲,已成为曲坛的宠儿,这时的北曲,徒然成了一般文人学士感慨怀古的资料了。

昆腔的兴起其影响于南曲和北曲的情形既已明白,我们再看在这期的散曲坛上的人物,首应注意的便为梁辰鱼的作品,昆腔虽然创始于魏良辅,但首先采用的,却是梁辰鱼。梁氏在剧曲方面,采用昆腔的调子而作《浣纱记》,在散曲方面则为《江东白苎》一集。良辅虽然创制了昆腔,但应用昆腔并发扬而光大它的势力的不能不推梁氏为首功。梁氏的《江东白苎集》,至有推为"曲中之圣"(张旭初《吴骚合编》)[1]的,可想见他在这期散曲坛上是如何的重要了。

在散曲方面与梁辰鱼对峙的为沈璟,他是一位过于重视音韵而忽略辞意的曲家。他很工音韵,"每制曲必遵《中原音韵》《太和正音》欲与金元名家争长"。南曲到了他,宫韵音调一切都有准绳了。他的《南曲谱》及《南曲韵选》二书,作曲家奉之为圭臬,至有"词家开山祖"(冯梦龙《太霞新奏》)的称号,由此我们知道这期的散曲作家当推梁、沈二氏为主了。任中敏的《散曲概论》(卷二)亦说:

---

[1] 原注:《吴骚合编》四卷,有明崇祯间刊本。

起嘉隆间以迄明末,将近百年,主持词余坛坫者,文章必推梁氏为极轨,韵律必推沈氏为极轨,此为昆腔以后之两大派。一时词林,虽济济多士,要不出两派之彀中也。

但是,梁、沈虽然分霸了当时曲坛,亦有"文章独不从梁而韵律独不从沈者",在剧曲则有汤显祖的"五剧",在散曲则有施绍莘的《花影集》。施的曲派,乃融元人之豪放与清丽,而以"绵整"出之,足可与梁、沈成鼎足之势,为晚明散曲坛最有光辉的作家。

四

最后我更将明代散曲的支流,"小曲"的历史再为陈说一下。关于小曲的起源,现在虽然没有详明的记载,但据我们考查的结果,知道在明初已有了很好的小曲出现于当时的曲坛。如我们看明宣宗已有小曲【寄生草】二首,可知它的诞生至晚当在宣宗之前,不是元末必是明初了。复次明代曲家中虽然专以小曲著名的不过寥寥数人,但大曲家如康海、冯惟敏、陈铎、沈仕诸人小令中,每存有小曲的面目。至嘉靖以后如梁辰鱼、王骥德、施绍莘、冯梦龙诸人所作小曲尤夥。它在明代虽然不像散曲那样的蓬蓬勃勃占着极重要的地位,但也是不容忽视的一种新体。沈德符《顾曲杂言》曾记载小曲的历史:

元人小令行于燕、赵后，浸淫日盛。自宣、正至化、治后，中原又行【锁南枝】【傍妆台】之属，李崆峒先生初自庆阳徙居汴梁以为可继《国风》之后。何大复继至亦酷爱之。今所传《泥捏人》，及《鞋打卦》《熬鬏髻》三阕为三牌名之冠，故不虚也……嘉隆间乃兴【闹五更】【寄生草】【罗江怨】【哭皇天】【干荷叶】【粉红莲】【桐城歌】【银绞丝】之属，自两淮以至江南，渐与词曲相远……比年以来，又有【打枣竿】【挂枝儿】二曲，不问南北，不问老幼贫贱，人人习之，亦人人喜听之，以至刊布成帙，举世相传，沁人心腑，其谱不知从何来，真可骇叹。（页九）

沈氏把小曲的历史，说得很为明白，我已不必更多引了。至于小曲技术之佳妙，明人亦曾批评过。王骥德《曲律》[1]云：

北人尚余天巧，今所传【打枣竿】诸小曲，有妙入神品者，南人若学之决不能入。盖北人之【打枣竿】与吴人之"山歌"，不必文士，皆百里之侠，或闺阃之秀，以无意得之。犹《诗》郑、卫诸风，修《大雅》者，反不能作也。

---

[1] 原注：《曲律》有《读曲丛刊》本，有《重订曲苑》本。

王氏不独能将小曲的价值说出，且由此可知小曲亦是由北而南来的。沈德符和王骥德二氏皆云小曲可继响《国风》，可谓自有卓识。至冯梦龙谱【挂枝儿】为【一江风】，则是以小曲与宋词、元曲等视，小曲至此地位乃益崇高了。

第一章
散曲的开场及清丽派第一期

关汉卿 — 王鼎 — 王实甫 — 杜仁杰 — 商挺 — 杨果 — 姚燧 — 刘秉忠 — 胡祗遹 — 元好问 — 白朴 — 卢挚

说到散曲历史的开场,当以剧曲家关汉卿为第一人。汉卿(约1230—1280)号已斋叟,大都人。金末以解元贡于乡,任太医院尹。杨维桢《元宫词》云:"开国遗音乐府传,白翎飞上十三弦;大金优谏关卿在,《伊尹扶汤》进剧编。"据此可知他曾仕于金了。金亡不仕,为伶人编剧以为生,"离了利名场,钻入安乐窝",他就这样终他的一生了。他好谈鬼怪,著有《鬼董》。他是元代杂剧的多产作家,他的戏曲有目可稽者,有六十三种,即现存的也尚有十四种。他的散曲[1],大部分保存在杨朝英的《阳春白雪》和《太平乐府》中,约存小令四十余首。

---

[1] 原注:任中敏编的《元人散曲》三种,内有关汉卿的辑本。

他的散曲的作风,颇异于他剧曲的作风。他的剧曲以雄奇排奡见长,极汪洋恣肆、感慨苍凉之致;但他的散曲却以婉丽见长,然有时亦非常的豪辣灏烂。像【一半儿】的《题情》,【沉醉东风】的《离情》,【大德歌】的《秋思》,【新水令】的写男女之情,都可以为婉丽的代表。

> 碧纱窗外静无人,
> 跪在床前忙要亲。
> 骂了个负心,
> 回转身。
> 虽是我话儿嗔,
> 一半儿推辞。
> 一半儿肯。(【一半儿】《题情》)

又如:

> 手执着饯行杯,
> 眼阁着别离泪。
> 刚道得声保重将息,
> 痛煞煞教人舍不得。(【沉醉东风】《离情》)

像这样的曲,还不是最天真的情歌吗?柳永的"执手相看泪眼，竟无语凝咽"（《雨霖铃》）不能专美于前了。汉卿的言情类的作品，无论小令、散套，都是最隽美的、晶莹的珠玉，读了是令人把玩不忍释手的。又如："天付两风流，翻成南北悠悠。落花流水人何处？相思一点，离愁几许，撮上心头。"（《离情》的【青杏子】）也是如此婉丽可爱。我们再看他的【大德歌】：

    风飘飘，
    雨潇潇，
    便做陈抟睡不着。
    懊恼伤怀抱，
    扑簌簌泪点抛。
    秋蝉儿噪罢寒蛩儿叫，
    淅零零细雨打芭蕉。

  他这一类的抒情歌曲，都很清丽。又如："子规啼，不如归。道是春归人未归。"（【大德歌】）竟是《漱玉词》中语。汉卿的散套【新水令】，描写痴情男女的幽会，也极风流艳冶之至；已开沈青门《唾窗绒》的先路了。我们可欣赏此曲：

    楚台云雨会巫峡，
    赴昨宵约来的期话。

楼头栖燕子，
庭院已闻鸦[1]。
料想他家，
收针指，
晚妆罢。(【新水令】)
款将花径踏，
独立在纱窗下。
颤钦钦把不定心头怕。
不敢将小名儿呼咱，
只索等候他。(【乔牌儿】)
怕别人瞧见咱，
掩映在酴醾架。
等多时不见来，
只索独立在花阴下。(【雁儿落】)
等候多时不见他，
这的是约下佳期话。
莫不是贪睡人儿忘了那？
伏冢在蓝桥下。
意懊恼恰待将他骂，
听得呀的门开，

---

[1] 鸦 底本作"雅"，据文意酌改。下文径改，不再出校记。

蓦见如花。(【挂搭钩】)
髻挽乌云,
蝉鬓堆鸦。
粉腻酥胸,
脸衬红霞。
袅娜腰肢更喜恰,
堪讲堪夸。
比月里嫦娥,
媚媚孜孜,
那更撑达。(【豆叶黄】)
我这里觅他唤他,
哎!
女孩儿,
果然道色胆天来大。
怀儿里搂抱着俏冤家,
揾香腮悄语低低话。(【七弟兄】)
两情浓,
兴转佳。
地权为床榻,
月高烧银蜡。
夜深沉,
人静悄,

低低的问如花,
终是个女儿家。(【梅花酒】)
好风吹绽牡丹花,
半合儿揉损绛裙纱。
冷丁丁舌尖上送香茶,
都不到半霎,
森森一向遍身麻。(【收江南】)
整乌云欲把金莲屧,
纽回身再说些儿话。
你明夜个早些儿来,
我等听着纱窗外芭蕉叶儿上打。(【尾】)

在上边诸例,我们都是论汉卿"婉丽"一类的散曲。至他被称为"豪辣灏烂"的作品,则当以《不伏老》(【南吕·一枝花】)套数为最佳。其中【黄钟煞】一调,有以二十许字作一句读的,岂非散曲中的奇文。如:

我却是蒸不烂煮不熟捶不扁炒不爆响当当一粒铜豌豆。
谁教您子弟们钻入他锄不断砍不下解不开顿不脱慢慢腾腾千层锦套头。
我玩的是梁园月,

饮的是东京酒。
赏的是洛阳花,
扳的是章台柳。
我也会吟诗,
会篆籀,
会弹丝,
会品竹。
我也会唱鹧鸪,
舞垂手,
会打围,
会蹴鞠,
会围棋,
会双陆。
你便是落了我牙,
歪了我口,
瘸了我腿,
折了我手,
天与我这样般儿歹症候,
尚兀自不肯休。
只除是阎王亲令唤,
神鬼自来勾,
三魂归地府,

> 七魄丧冥幽[1]，
> 那其间才不向这烟花儿路上走。

此曲写来是何等的痛快淋漓，可谓极尽情致了。明人曲家有此种气力者，当以施子野《花影集》中之《春游述怀》(【叨叨令】)一曲最为当行。(参看第十章)

王鼎字和卿，大都人，与关汉卿相识。他滑稽佻达，是一位惯爱开玩笑的讽刺作家。他虽与汉卿善，但常以讥谑加之，汉卿虽极意还答，终不能胜。后王忽坐逝，而鼻垂双涕尺余，人皆叹骇。汉卿来吊唁，询其由，或曰："此释家所谓坐化也。"复问："鼻悬何物？"又对曰："此玉筯也。"汉卿曰："不是玉筯，是嗓。"咸发一笑。或戏汉卿云："你被王和卿轻侮半世，死后方得还他一筹。"凡六畜劳伤，则鼻中常流浓水谓之嗓；又爱讦人之过者，亦谓之嗓，故云尔。(《录鬼簿》，参《辍耕录》《鬼董跋》《尧山堂外纪》)他的散曲传下来的虽然不多，但他在当时的诸曲家中很明显地表现出其不同的色彩来。如：

> 我嘴揾着他的鬏髻，
> 他背靠着我胸皮，
> 早难道香腮左右偎。

---

[1] 冥幽　底本作"幽冥"，据《全元散曲》(P.173)改。

> 只索项窝里长吁气,
> 一夜何曾见他面皮,
> 只是看一宿牙梳背。(【醉扶归】)

这种描写法真是极滑稽佻达之至了。他的散曲的题目都是些"大鱼""绿毛龟""长毛小狗""王大姐浴房内吃打""胖夫妻"(皆【拨不断】)"咏秃"(【天净沙】)[1]之类。他的【叨叨令】《咏疟》云:"冷来时冷的在冰凌上卧,热来时热的在蒸笼里坐。"此种嘲弄之词,已开明陈全的先路(陈全有【叨叨令】《疟疾》)。卢冀野诗所谓"从此俳优风气盛,时寒时暖到陈郎。"至若:

> 别来宽褪缕金衣,
> 粉悴烟憔减玉肌,
> 泪点儿只除衫袖知,
> 盼佳期,
> 一半儿才干一半湿。(【一半儿】《离情》)

这也还是以嬉笑的态度出之的。但像:

---

[1] 天净沙 底本作"天净纱",据《全元散曲》(P.16)改。下文径改,不再出校记。

柳梢淡淡鹅黄染,
波面澄澄鸭绿添,
及时膏雨细廉纤。
门半掩,
春归孅人甜。(【阳春曲】《春思》)
春风料峭透香闺,
柳眼开还闭。
南陌蓑针不全翠,
恨芳菲,
上林花瘦莺声未?
云兜香冷,
乌衣何处?
寒勒海棠迟。(【小桃红】《春寒》)

这些却比较是态度庄重多了。和卿以咏蝴蝶出名,相传中统初,燕市有一大蝴蝶,其大异常,和卿赋【醉中天】小令云:

弹破庄周梦,
两翅驾东风,
三百座名园一采一个空。
谁道风流种,
唬杀寻芳的蜜蜂。

轻轻飞动，

把卖花人扇过桥东。

王伯良谓："咏物要开口便见是何物，以后如灯镜传影，令人仿佛了目中，却捉摸不得，方是妙手。"此曲只起一句便知是大蝴蝶。下文势如破竹，却无一句不是俊语。尤妙者是在结语"把卖花人扇过桥东"，极飘渺之致。宋谢无逸《蝴蝶诗》云："江天春暖晚风细，相逐卖花人过桥。"和卿词虽佳，或袭谢诗意耶？

"俳优体"的创制者王和卿，或疑他就是《西厢记》杂剧的作者王实甫（明胡元瑞《笔丛》）。这实在是一种很错误而且粗莽的判断。我们看和卿的曲是那么样的滑稽梯突，其散曲的取材又是那么样的"下流"。像"大鱼""长毛小狗"……一类的题目，决不类写风流而旖旎文字的《西厢记》的著者王实甫。

王实甫（约1200—？）名德信，大都人。所著《西厢记》为北曲第一。他的作风绵密婉丽，涵虚子《正音》评他如"花间美人"，这虽然是空泛的赞语，但其俊美可知了。他大概和关汉卿一样也是由金入元的。我们看他的《四丞相高会丽春堂》一剧谱金章宗时事，而最后一词云："早先声把烟尘扫荡，从今后四方，八荒，万邦，仰贺当今皇上。"以颂祷金章宗作结，可知实甫在金朝已作杂剧了。他的杂剧凡十四种，存于今者只《丽春堂》及《西厢记》二种。他的散曲虽不多，但都是一粒粒晶莹的珠玉。例如：

> 怕黄昏不觉又黄昏，
> 不消魂怎地不消魂。
> 新啼痕压旧啼痕，
> 断肠人忆断肠人。
> 今春香肌瘦几分，
> 搂带宽三分。(【尧民歌】《别情》)

那末样的旖旎，那末样的清丽，这还不是《西厢记》的"听得道一声去也，松了金钏，遥望见十里长亭，减了玉肌，此恨谁知"(《长亭送别》【滚绣球】)同调吗？又如：

> 云松螺髻，
> 香温鸳被，
> 掩春闺一觉伤春睡。
> 柳花飞，
> 小琼姬，
> 一片声雪下呈祥瑞，
> 把团圆梦儿生唤起。
> 谁，
> 不做美？

呸！

却是你！（【山坡羊】《春睡》）

这也是《西厢记》的同调。决不是作"一个胖双郎，就了个胖苏娘，两口儿都是熊模样，成就了风流喘豫章。绣帏中一对鸳鸯象，交肚皮撕撞"（【拨不断】《胖夫妻》）一类嘲弄体的惯好开玩笑的王和卿所可"同日而语"了。

杜仁杰[1]字仲梁，号止轩，又号善夫，济南长清人。元世祖闻其贤，召为翰林承旨。不仕，隐灵岩五峰间。武宗时以子杜之素贵（任福建闽海道廉访使）赠官，谥文穆。他是一位散曲家，也是一位诗人。元好问尝评之道：

麻信之、杜仲梁、张仲经，正大中同隐内乡山中，以作诗为业。予尝窃评之，仲梁诗如偏将军将突骑，利在速战，屈于迟久。故不大胜则大败。（《元遗山集》）

观此可知善夫是怎样一位诗人了。他的性情很古怪，元好问的《癸巳岁寄中书耶律正书》举荐他和王贲、商挺、杨果、麻革等数十人，都是"南中大夫士归河朔者"，他表谢不赴。中二联云：

---

[1] 原注：杜仁杰见《元诗纪事》卷三，《长清县志》卷十一《人物志》。

俾献言于乞言之际，敢尽其忠；若求仕于致仕之年，恐无此理。不能为白居易，漫法香山居士之名；惟愿学陆龟蒙，拜赐江湖散人之号。

《山房随笔》载有当时掌兵官远戍于外，其妻宴客，笙歌终夕。善夫以诗讥之云：

高烧银烛照云鬟，
沸耳笙歌彻夜阑。
不念征西人万里，
玉关霜重铁衣寒。

读此诗可看出善夫"老辣"的作风。他的散曲传于今者不多。《庄家不识勾栏》一套，写庄家第一次看戏的情形，极为有趣，乃是描写元代剧场的最重要的一个参考资料。

见一个人手撑着椽做的门，
高声的叫："请，请！"
道："迟来满了，无处停坐。"
说道："前截儿院本《调风月》，背后么末敷演刘耍和。"
高声叫："赶散易得，难得的妆哈。"(【耍孩儿·六

煞】)

又如:

> 要了二百钱,
> 放过咱入的门。
> 上个木坡,
> 见层层垒垒团团坐。
> 抬头觑见个钟楼模样,
> 往下觑,却是人旋窝。
> 见几个妇女面台儿上坐,
> 又不是迎神赛社,
> 不住的擂鼓筛锣。

以下描写剧场上的人物:"一个女孩转了几遭,不多时引出一火。""中间里一个央人货,裹着枚皂头巾,顶门上插一管笔,满脸石灰,更着些黑道儿抹。""唇天口地无高下,巧言话语记许多。""一个妆做张太公,他改做小二哥。行行行说自城中过。"这位庄家人看了半天,"则被一胞尿,爆的我没奈何"。这是何等的滑稽佻达的句子。所以若就这一曲来论,则善夫颇似王和卿。涵虚子评善夫词如"凤池春色",毋乃"隔靴搔痒"罢。

二商的生卒时代大概差不多。商政叔名道，官学士，有【天净沙】《咏梅》四首见《阳春白雪》中。也是元好问的熟人。

商挺[1]（1209—1288）字孟卿，一字左山，曹州济阴人，与赵天锡、元好问、杨奂游。他的《潘妃曲》十九首，写闺情极得神情。如：

戴月披星担[2]惊怕，
久立纱窗下，
等候他。
蓦听得门外地皮踏，
只道是冤家，
原来风动荼蘼架。

又如：

目断妆楼夕阳外，
鬼病恹恹害，
恨不该，
止不住泪满旱莲腮。
为你个不良才，

---

[1] 原注：商挺见《元史》卷一百五十九。
[2] 担　底本作"耽"，据《全元散曲》(P.63)改。

莫不少下你相思债。

这真是"小小冤家，道是思他又恨他"，一到见面之后，就又"煞是你个冤家……多情可意种，紧把纤腰贴酥胸，正是两情浓。笑吟吟舌吐丁香送"了。第十九首尤极艳腻的情趣：

只恐怕窗间人瞧见，
短命休寒贱。
直恁的胳膝软，
禁不过敲才厮熬煎。
你且觑门前，
等的无人呵[1]旋。

《乐府新声》，"短命"作"死势儿"，"胳膝"作"膝盖"，"禁"作"吃"，"敲才"作"牢成"。末二句作："望门前，觑得没人时旋。"那便不如有"呵"[2]字的传神了。

杨果[3]（1197—1271）字正卿，号西庵，祁州蒲阴人。幼失怙恃，宋亡，流寓河朔，以章句授徒为业。金正大甲申登进士第，官满城、陕县。元初起为幕官，世祖中统二年官参政，

---

[1] 呵　底本作"啊"，据《全元散曲》（P.64）改。
[2] 呵　底本作"阿"，据《全元散曲》（P.64）改。
[3] 原注：杨果见《元史》卷一百六十四，《元诗纪事》卷三。

至元六年出为怀孟路总管，卒于家。年七十五，谥文献。西庵性聪敏，美风姿，工文章，尤长于乐府。他少时避乱河南，曾娶羁旅中女，后虽显要，竟与偕老，不易其心，人以是称之。有《西庵集》。他的乐府以小令为多，散见于杨氏二选及《雍熙乐府》《北词广韵》。作风婉艳凄美，如：

采莲人和采莲歌，
柳外兰舟过，
不管鸳鸯梦惊破。
夜如何，
有人独上江楼卧。
伤心莫唱，
南朝旧曲，
司马泪痕多。(【小桃红】)

西庵一生两丁亡国之痛，所以他的词是满装着亡国的感伤。他又有套数【赏花时】，文词极清疏之致：

秋水粼粼古岸苍，
萧索疏篱偎短冈，
山色日微茫。
黄花嫩也，

妆点马蹄香。(【赏花时】)

西庵亦能诗,尝以诗受知于李蹊行,他的《题赵辅之樊川图》句"一赋《阿房》万古传,而今还有赵樊川",姚牧庵推为绝唱(《元诗纪事》)。

姚燧[1](1239—1314)字端甫,号牧庵,他是以古文名世的。他的《牧庵集》五十卷,都是正统派的古文行家。至他的散曲流传下来的亦不少,散见于杨氏二选中。他虽是一位面孔严肃的古文家,但他的散曲大都婉丽可诵,处处充分表现着浪漫的诗人面孔,决不是作"文以载道"古文时的姚牧庵了。写景的,如:

芰荷香,
露华凉,
若耶溪上莲舟放。
岸上谁家白面郎,
舟中越女红裙,
唱逞娇羞模样。(【拨不断】)

题情的,如:

---

[1]原注:姚燧见《元史》卷一百七十四,《元诗纪事》卷四。

> 欲寄君衣君不还,
> 不寄君衣君又寒。
> 寄与不寄间,
> 妾身千万难。(【凭栏人】)

吴瞿安谓此曲熨贴温存,缠绵尽致,深得词人三昧,诚然。至若"寄与多情王子乔,今夜佳期休误了,等夫人睡熟了,悄声儿窗外敲"(【凭栏人】),简直是《西厢》艳曲了。咏怀的,如:

> 十年燕月歌声,
> 几点吴霜鬓影,
> 西风吹起鲈鱼兴,
> 晚节桑榆暮景。(【中吕·醉高歌】)
> 十年书剑长吁,
> 一曲琵琶暗许。
> 月明江上别湓浦,
> 愁听兰舟夜雨。(【中吕·醉高歌】)

周挺斋甚喜此曲。实在比较他的"功名事了,不待老僧招"(【满庭芳】)一类浅露直率之词,要婉曲多了。至于他为建宁真氏妓(真西山后)落籍以嫁黄棣,义声震动都下。贝阙有诗纪其事,见陶南村《辍耕录》。

与牧庵同时两位官僚刘秉忠、胡祗遹均能曲。刘秉忠[1]（1217—1275）字仲晦，邢台人。初名侃，因从释氏又名子聪，拜官后始更今名。秉忠生而风骨秀异，志气英爽不羁。十七岁时为邢台节度使府令史，以养其亲。居常郁郁不乐，一日投笔叹曰："吾家累世衣冠，乃汩没为刀笔吏乎？丈夫不遇于时，当隐居以求志耳。"即弃去，隐武安山中。后又从天宁虚照禅师学释事为僧。俟游云中留居南堂寺；因海云禅师之介遇世祖，浡升台阁。卒年五十九。秉忠卒，世祖惊悼，谓群臣曰："秉忠事朕三十余年，小心慎密，不避艰险，言无隐情，其阴阳术数之精，占事知来，若合符契，惟朕知之，他人莫得闻也。"秉忠晚号藏春散人，有《藏春乐府》；作风萧散闲淡，类其为人。如：

梧桐一叶初凋。
菊绽东篱，
佳节登高。
金风飒飒，
寒雁呀呀，
促织叨叨。
满目黄花衰草，

---

[1] 原注：刘秉忠见《元史》卷一百五十七。

一川红叶飘飘。

秋景萧萧，

赏菊陶潜散诞逍遥。（【蟾宫曲】）

秉忠曲以【干荷叶】八首传世。如：

干荷叶，

色苍苍，

老柄风摇荡。

减了清香，

越添黄，

都因昨夜一场霜，

寂寞在秋江上。

《词品》云："此借题别咏，后世词例也。然其曲凄恻感慨，千古寡和也。"但有人说："此曲非秉忠作，秉忠助元凶宋，惟恐不早，而复为吊惜之辞，殆俗所谓斧子砍了手摩挲之类也。"此殆以"汉奸"目秉忠了。今人卢冀野力为秉忠明冤，他的《论曲绝句》云："我意独怜刘太保，藏春两字见平生。"（《曲雅》）《藏春》是秉忠的集名。

胡祗遹[1]（1227—1293）字绍闻，一字紫山，磁州武安人。少孤贫，既长读书，受知于名流。至元元年授应奉翰林文字，寻兼太常博士。十九年为济宁路总管，后升山东东西道按察使。所至抑豪右扶寡弱，以敦教化，以厉士风。后官宣慰使，至元三十年以疾卒。谥文靖。他所作散曲颇饶逸趣。如【阳春曲】：

几枝红雪墙头杏，
数点青山屋上屏，
一春能得几清明。
三月景，
宜醉不宜晴。（【阳春曲】《春景》）
闲花酝酿蜂儿蜜，
细雨调和燕子泥，
绿窗蝶梦觉来迟。
谁唤起，
帘外晓莺啼。（【阳春曲】《春景》）
一帘红雨桃花谢，
十里清阴柳影斜，
洛阳花酒一时别。
春去也，

---

[1] 原注：胡祗遹见《元史》卷一百七十，《元诗纪事》卷三。

闲煞旧蜂蝶。(【阳春曲】《春景》)

至如：

渔得渔心满愿作，
樵得樵眼笑眉舒。
一个罢了钓竿，
一个收了斤斧，
林泉下偶然相遇，
是两个不识字渔樵士大夫，
他两个笑加加[1]的谈论今古。

这简直是马致远的"樵父觉来山月低，钓叟来寻觅。你把柴斧抛，我把渔船弃，寻取个稳便处闲坐地"(《清江引》)翻版了。

在叙述杜善夫、杨果、商挺之后，未讲白朴之前，有一位重要之诗人元好问，是我们应该知道的。好问[2]（1190—1257）字裕之，号遗山，太原秀容人。七岁能诗，金兴定五年进士。尝作《箕山》《琴台》二诗，赵秉文见而奇之，谓少陵以后无此作。因而名震京师，号为元才子。官至尚书省左

---

[1] 加加　底本作"伽"，据《全元散曲》(P.69)改。
[2] 原注：元好问见《金史》卷一百二十六，《元诗纪事》卷三十。

司员外郎，金亡不仕，以著作自任，构野史亭于家，有《遗山集》《中州集》诸书。他以文章独步天下者三十年，为金诗人之殿，元文章之祖。他所编的《中州集》可作为金源一代诗人之总集，为现代研究金代文学唯一的参考书。他是一位诗人，长诗慷慨悲歌，情致深挚；而短诗尤饶风韵。如：

瘦竹藤斜挂，
幽花草乱生。
林高风有态，
苔滑水无声。(《山居杂诗》)

这不是王维的《辋川集》诗吗？他的散曲现存的很少。《太平乐府》载有【阳春曲】四首。如：

梅擎残雪芳心奈，
柳倚东风望眼开，
温柔樽俎小楼台。
红袖绕，
低唱喜春来。(【阳春曲】《春宴》)
携将玉友寻花寨，
看褪梅妆等杏腮，
休随刘阮到天台。

仙洞窄,

且唱喜春来。(【阳春曲】《春宴》)

他的【骤雨打新荷】两首,却是很有名的。如:

绿叶阴浓,

遍池塘水阁,

偏趁凉多。

海榴初绽,

妖艳喷香罗。

老燕携雏弄语,

有高柳鸣蝉相和。

骤雨过,

珍珠乱糁,

打遍新荷。

又如:

人生有几,

念良辰美景,

一梦初过。

穷通前定,

>何用苦张罗。
>命友邀宾玩赏,
>对芳樽浅酌低歌。
>且酩酊,
>任它两轮日月,
>来往如梭。

这简直是一粒粒晶莹的珠玑了。即此二曲,我们可以知道遗山曲的造诣,也不在关、白之下。房祺编《河汾诸老集》所载金遗老麻革、张宇、陈赓、陈飏、房皞、段成己、段克己、曹之谦八人都从遗山游的,而元初的散曲家更与遗山有关系,下面所叙伟大的曲家白朴与遗山尤为密切。

白朴(1226—1285)字仁甫,一字太素,号兰谷先生,真定人。父华字文举,号寓斋,金枢密院判,与诗人元好问为通家。仁甫七岁正遭壬辰之难,因事远适。明年春,京城变,遗山遂携以北渡。自是不茹荤血。人问其故,曰:"俟见吾亲,则如初。"尝罹疾,遗山昼夜抱持,凡六日竟于臂上得汗而愈。视之如同子侄。数年华北归,以诗谢遗山云:"顾我真成丧家狗,赖君曾护落巢儿。"后父子卜居于滹阳,以律赋为专门之学。而仁甫有文誉,遗山尝赠以诗云:"元白通家旧,诸郎独汝贤。"他因自幼经丧乱,仓皇失母,恒有满目山川之叹。金亡后更郁郁不乐,中统初,开府史公将以所业荐之于朝,婉辞不就。至元一统后，徙家金陵，从诸遗老放情山水间，日以诗酒优游。后以子贵，赠嘉议大夫，掌礼仪院大卿。著有《天籁集》二卷。

他所作杂剧十七种，存于今者，有《梧桐雨》及《墙头马上》二种，他的散曲约存小令三十余首，套数二首，颇俊逸有神；而小令尤为清隽。当我们读他的剧曲时，每为他华美婉妍的辞句所感动，但一读到他的散曲，则知其中更包含着豪放、俊爽、秀美诸点，其成就却高出其剧曲之上。如《劝饮酒》(【寄生草】)《渔父辞》(【沉醉东风】)，是他豪放的例。《吹》《弹》《歌》《舞》(【驻马听】)是他俊爽的例。《春》《夏》《秋》《冬》(【天净沙】)则是他秀美的例。如：

> 长醉后方何碍，
> 不醒时有甚思？
> 糟腌两个功名字，
> 醅渰千古兴亡事，
> 曲埋万丈虹霓志。
> 不达时皆笑屈原非，
> 但知音尽说陶潜是。(《劝饮》【寄生草】)

又如：

> 黄芦岸白蘋渡口,
> 绿杨堤红蓼滩头。
> 虽无刎颈交,
> 却有忘机友。
> 点秋江白鹭沙鸥,
> 傲杀人间万户侯,
> 不识字烟波钓叟。(《渔父辞》【沉醉东风】)

这都是他的豪放的作品。至像:

> 裂石穿云,
> 玉管宜横清更洁。
> 霜天沙漠,
> 鹧鸪风里欲偏斜。
> 凤凰台上暮云遮,
> 梅花惊作黄昏雪。
> 人静也,
> 一声吹落江楼月。(《吹》【驻马听】)

便是俊爽的例子。至于秀美的,则以"红日晚,残霞在,

秋水共长天一色。寒雁儿呀呀的天外……"(【德胜令】[1])和下面的一首:

孤村落日残霞,
轻烟老树寒鸦,
一点飞鸿影下。
青山绿水,
白草红叶黄花。(《秋》【天净沙】)

　　仁甫写情的手段也很高。像:"可怜不惯害相思,只被你个字儿,拖逗我许多时。"(【德胜令】《题情》[2])何等真挚! 读《墙头马上》者,当知余言之不谬了。

　　卢挚[3](1235—1300)字处道,号疏斋,涿郡人。至元五年进士,大德初授集贤学士,持宪湖南,迁江东道廉访使,后复入为翰林学士,迁承旨。他在元初是位很重要的作家,他和冯子振、贯云石,都是这期很著名的作曲者。他的散曲约存小令四十九首,见杨氏二选中。作风蕴藉骚雅,终无逞才使气和俚俗轻亵的作品。如:

---

[1]《全元散曲》(P.201)该曲曲牌作【得胜乐】。
[2]《全元散曲》(P.195)该曲曲牌作【阳春曲】。
[3]原注: 卢挚见《元诗纪事》卷四。

才欢悦早间别,
痛煞俺好难割舍。
画船儿载将春去也,
空留下半江明月。(【落梅风】《送别珠帘秀》)
酒杯浓,
一葫芦春色醉疏翁,
一葫芦酒压花梢重,
随我奚童葫芦干兴不穷。
谁人共一带青山送,
乘风列子,
列子乘风。(【殿前欢】)

前曲——官伎珠帘秀为处道所悦,珠将行,处道作词送别:"画船儿载将春去也,空留下半江明月。"何风致婉妙乃尔!次首【殿前欢】处道自写胸臆,想见其旷放豪迈的气概。今人卢冀野《论曲绝句》"半江明月珠帘卷,一带青山列子风",即指此二曲而言。处道散曲有令无套,除杨氏二选之四十九首外,《广正谱》更别见【梧叶儿】【小桃红】各一首,【梧叶儿】云:

低攀话,
娇唱歌,

> 韵远更情多。
> 筵席上，
> 疑怪他。
> 怎生啊！
> 眼槎里频频觑我。

这曲的传神处全在"怎生啊"三字。疏翁生平出而持宪，入而承旨，应为一方正不阿的大臣；但此曲嘲弄风情，机趣横生，活泼泼地，赤裸裸地，显露了他天真的词人的面孔在我们之前，而忘其为板着面孔的翰林公了。他的【蟾宫曲】四段写混沌未凿的庄家人物，颇为入趣。如：

> 沙三伴哥采茶，
> 两腿青泥，
> 只为捞虾。
> 太公庄上，
> 杨柳阴中，
> 磕破西瓜。
> 小二哥背涎刺塔，
> 绿轴上掩着个琵琶。
> 看荞麦开花，
> 绿豆生芽。

无是无非，

　　快活煞庄家。

　　疏斋又有【蟾宫曲】："想人生七十犹稀，百岁光阴先扣了三十。七十年间——十岁顽童，十载尪羸。五十岁除分昼黑、刚分得一半儿白日。风雨相催，兔走乌飞。仔细沉吟，都不如快活了便宜。"此一篇账世人肯早早算清楚的甚少，而疏斋乃结以"快活便宜"四字，直是大胆的高喊着刹那的快活主义。

第二章
豪放派的第一期

马致远 — 冯子振 — 白无咎 — 张养浩 — 鲜于枢 — 鲜于必仁 — 刘致 — 马九皋 — 邓玉宾 — 贯云石

马致远是第一期最有光辉的作家。他的作品不但为同时的及明清以来许多的作家所追慕,且有意无意的在摹写着他的作风;而他自己又是那末样一位不平凡的抒情诗人。在关汉卿,在王实甫,在姚燧、卢挚……他们许多人的作品内,很不易见出"自己"来,即有亦很少整个表现出他们"个性"来。而马致远则不然,他无论在杂剧里,在散曲里,都有很浓厚的"自己"的色彩。尤其他的散曲,是那样的奔放,又是那样的飘逸;是那样的老辣,又是那样的清隽。在杂剧里,他虽与关汉卿、王实甫、白朴称"四大家",但在散曲里他实足以领袖群伦而为元人第一。关、王、白固然不能和他抗衡,即明清以降的许多的散曲家,哪一个配得上和他抗衡呢! 所以他不仅是元散曲第一,也是散曲史上坐"第一把交椅"的。

马致远号东篱，大都人，他的事迹虽不可考，他的年代虽不能确定，但王国维的《宋元戏曲史》既将他列于"第一期"的作者中，可知他是十三世纪前期的人了。他也曾上过政治舞台，任江浙行省务官，但不久跳出了宦海，退隐林下，和"手把芙蓉"的仙人，和"弄花醉月"的诗人作伴去了。他所作的杂剧有十七种（《汉宫秋》《荐福碑》《岳阳楼》《黄粱梦》《青衫泪》《陈抟高卧》《任风子》《踏雪寻梅》《桃源洞》《酒德颂》《斋后钟》《岁寒亭》《戚夫人》《金山寺》《马丹阳》《孟浩然》《牧羊记》）。散曲则有小令一百零四首，套数十七套，及不完全的套数五套，辑为《东篱乐府》一卷。他的作风豪放之中而兼清逸，颇近词中的苏轼。他的小令最有名的是【天净沙】。周德清谓为"秋思之祖"：

> 枯藤老树昏鸦。
> 小桥流水人家。
> 古道西风瘦马。
> 夕阳西下，
> 断肠人在天涯。（【天净沙】《秋思》）

这是一首很著名的曲子，所以历代评它的很多。《曲藻》指通首是景中的雅语。《顾曲麈谈》谓明人最喜摹此曲，而终无如此自然。王国维谓："寥寥数语，深得唐人绝句妙境。有元一代词家，皆不能办此也。"(《人间词话》)王氏又在《宋元戏曲史》中并推为元曲小令之表率。这可见此曲之评价的一斑了。今人任中敏独以此曲凝重犹近诗余。他说："此词前三句以九事设境，全属静词，末二句亦是含蓄幽渺之趣，词境多而曲境少。"(《作词十法疏证》)此语颇有见地。盖曲以"清疏奇宕"为宗，"凝重静雅"乃词境而非曲境。所以我们与其赏东篱的"静雅"的【天净沙】，还不如看他的闲适一类的作品。如：

> 西村日长人事少，
> 一个新蝉噪。
> 恰待葵花开，
> 又早蜂儿闹。
> 青枕上梦随蝶去了。(【清江引】《野兴》)
> 菊花开，
> 正归来。
> 伴虎溪僧鹤林友龙山客，
> 似杜工部陶渊明李太白，
> 有洞庭柑东阳酒西湖蟹。
> 哎，
> 楚三闾休[1]怪。(【拨不断】)

---

[1] 休　底本作"林"，据《全元散曲》(P252)改。

絮飞飘白雪,
鲊香荷叶风。
且向江头作钓翁,
男儿未济中。
风波梦,
一场幻化中。(【金字经】)

像这些曲子,属辞比事,或含或吐,皆臻曲境上乘。"枯藤老树写秋思,不许旁人赘一辞。"何以世人多赏东篱犹近诗余之【天净沙】,而遗此等"清疏奇宕"的作品耶?东篱的曲,闲适的很多,而写景又是那末潇洒有致。在这里我不妨多举几首。如:

花村外,
草店西,
晚霞明雨收天霁。
四围山一竿残照里。
锦屏风又添铺翠。(【寿阳曲】《山市晴岚》)
夕阳下,
酒旆闲,
两三航未曾着岸。
落花水香茅舍晚,

断桥头卖鱼人散。(【寿阳曲】《远浦帆归》)

渔灯暗,

客梦回,

一声声滴人心碎。

孤舟五更家万里,

是离人几行情泪。(【寿阳曲】《潇湘夜雨》)

寒烟细,

古寺清,

近黄昏礼佛人静。

顺西风晚钟三四声,

怎生教老僧禅定。(【寿阳曲】《烟寺晚钟》)

芦花谢,

客乍别,

泛蟾光小舟一叶。

豫章城故人来也,

结束了洞庭秋月。(【寿阳曲】《洞庭秋月》)

　　像这样富有画意的句子,实在是清冷冷的,读了令人心脾俱澈。【寿阳曲】共八首,除上五首之外,尚有《平沙落雁》《渔村夕照》《江天暮雪》三首,便不录。我在上文说过,东篱的曲子很可以表现出他自己来,下面的几首,就可以看出东篱生平处境和他的志趣来。如:

叹寒儒,

慢读书,

读书须索题桥柱。

题柱虽乘驷马车,

乘车谁买《长门赋》,

且看了长安回去。(【拨不断】)

酒杯深,

故人心,

相逢且莫推辞饮,

君若歌时我漫斟。

屈原清死由他恁,

醉和醒争甚?(【拨不断】)

夜来西风里,

九天鹏鹗飞,

困煞中原一布衣。

悲,

故人知未知?

登楼意,

恨无上天梯。(【金字经】《感愤》)

又如:

> 本是个懒散人,
> 又无甚经济才,
> 归去来。(【四块玉】)

像这样的曲子,在他的集中是很多的。这虽然是东篱的"感士不遇",然而放旷洒落,善自排遣,是"骚人"复是"达人"。这决不是张云庄、马昂夫一类貌为豪放、自夸恬退之所可比拟。东篱写情之作也不错,但态度是庄重的,描写却是深刻的,这也决不同明人沈青门一派的"专为人家儿女写相思"者。例如:

> 云笼月,
> 风弄铁,
> 两般儿助人凄切。
> 剔银灯欲将心事写,
> 长吁气一声吹灭。(【落梅风】)
> 从别后,
> 音信绝,
> 薄情种害杀人也。
> 逢一个见一个因话说,
> 不信你耳轮儿不热。(【落梅风】)

以上都是东篱的小令，他的套数共十七套，载《太平乐府》《乐府新声》《北词广正谱》中，尤以【双调·夜行船】《秋思》一套为元人之冠。明茅榛、段炳尝和之，清许宝善和至七套之多，但终不免"续貂"之诮。录其全套：

百岁光阴如梦蝶，
重回首往事堪嗟。
昨日春来，
今朝花谢，
急罚盏夜筵灯灭。

此先述全套的主旨，末句即"行乐当及时"之意。"急罚盏"促饮也。谓"灯将要灭，筵将散"了。下文：

秦宫汉阙，
做衰草牛羊野，
不恁渔樵无话说。
纵荒坟横断碑，
不辨龙蛇。（【乔木查】）
投至狐踪与兔穴，
多少豪杰！
鼎足三分半腰折，

魏耶？

晋耶？（【庆宣和】）

【乔木查】一首说帝王，【庆宣和】说辅佐帝王的豪杰。此二首说贵，下一首说富：

天教富，
不待奢，
无多时好天良夜。
看钱奴硬将心似铁，
空辜负锦堂风月。(【落梅风】)
眼前红日又西斜，
疾似下坡车。
晓来清镜添白雪，
上床和鞋履相别。
莫笑鸠巢计拙，
葫芦提一就装呆。(【风入松】)

从【落梅风】以上皆叹世，此首起说到自己，【风入松】一首先说自己处世的态度。下一首说自己的行藏，放逸宏丽而不离本色，尤称妙文：

利名竭,
是非绝,
红尘不向门外惹。
绿树偏宜屋角遮,
青山正补墙头缺,
竹篱茅舍。(【拨不断】)
蛩吟一觉才宁帖,
鸡鸣万事无休歇,
争名利何年是彻。
密匝匝蚁排兵,
乱纷纷蜂酿蜜,
闹穰穰[1]蝇争血。
裴公绿野堂,
陶令白莲社,
爱秋来那些:
和露摘黄花,
带霜烹紫蟹,
煮酒烧红叶。
人生有限杯,
几个登高节。

---

[1] 闹穰穰 《全元散曲》(P.269)作"急攘攘"。

嘱咐俺顽童记者,
便北海探吾来,
道:"东篱醉了也。"(【离亭宴煞】)

此首前半又重叹世人,后半又重说自己,因以作结。此词的好处能于豪放、清逸、萧爽之中,寓一种渊深朴茂之风;而作者"闲云野鹤"般的特性,也很生动表现出来,尤为东篱作品最有价值的文字。"百岁光阴成绝调"(卢冀野《论曲绝句》),遂让马东篱独步千古。

马致远同派的作家以冯子振年代为最早。冯子振[1](1257—1315)字海粟,自号怪怪道人,攸州人。曾官承事郎和集贤待制。他的散曲现只存小令四十余首,作风豪放而萧爽。《元史》称海粟文思敏捷,"酒酣耳热,命侍史二三人润笔以俟,子振据案疾书,随纸多寡,顷刻辄尽"。他有【鹦鹉曲】《故园归计(和白无咎韵)》最有名:

重来京国多时住,
恰做了白发伧父。
十年枕上家山,
负我湘烟潇雨。

---

[1] 原注:冯子振见《元史》卷一百九十,《元诗纪事》卷九。

断回肠一首阳关，
　　早晚马头南去。
　　对吴山结个茅庵，
　　画不尽西湖巧处。

又：

　　江湖难比山林住，
　　种果父胜刺船父。
　　看春花又看秋花，
　　不管颠狂风雨。
　　尽人间白浪滔天，
　　我自醉歌眠去。
　　到中流手脚忙乱时，
　　只靠着柴扉深处。

　　海粟在这词序曾说道："壬寅岁留上京，有北京伶妇御园秀之属，相从风雪中，恨白氏之曲无续之者。且谓前后多亲炙士大夫，皆拘于韵度而不能和。如第一个父字便难下语，又'甚也有安排我处'句，'甚'字必须去声，'我'字必须上声，音律始谐；不然不可歌也。"观此则知白无咎的【鹦鹉曲】以"难下语"著，而海粟援笔和之数十首，则海粟之才可知。所以宋景濂说:"海粟冯公以博学英词名于时。"按白无咎名贲,白珽[1]（1248—1328）子,官学士。他的【鹦鹉曲】云:"侬家鹦鹉洲边住,是个不识字渔父。浪花中一叶扁舟,睡煞江南烟雨。觉来时满眼青山,抖擞绿蓑归去。算从前错怨天公,甚也有安排我处。"这曲的旨趣就是张志和的《渔父词》,而措语豪放尽情,质朴不炼,则又迥异乎词,研究词曲者应于此等处看出"词曲之界"。无咎又有【百字折桂令】:

> 千点万点老树昏鸦,
> 三行两行写长空哑哑雁落平沙。
> 曲岸西边近水湾,
> 鱼网纶竿钓槎。
> 断桥东壁傍西山,
> 竹篱茅舍人家。
> 满山满谷红叶黄花,
> 正是伤感凄凉时候,
> 离人又在天涯。

写秋思文字极劲逸而潇爽,与马东篱【天净沙】小令有异曲同工之妙。

---

[1] 原注:白珽见《元诗纪事》卷七。

张养浩[1]（1269—1329）字希孟，济南人。幼有义行，六十岁读书不辍，父母忧其过勤而止之，养浩昼则默诵，夜则闭户张灯窃读。山东按察使焦遂闻之，荐为东平学士。他游京师献书于平章不忽木，不忽木辟为礼部令史，仍荐入御史台。一日病，不忽木亲至其家问疾，四顾壁立，叹曰："此真台橡也。"遂改授堂邑县尹。寻拜监察御史。武宗时上书论时政，言词过切，当国者不能容，遂除翰林待制[2]，复构以罪罢之。延祐初，设进士科，遂以礼部侍郎知贡举。寻擢陕西行台治书侍御史，改右司郎中，拜礼部尚书。英宗即位，命参议中书省事。后以父老弃官归家，泰定元年以淮东廉访使进翰林学士不赴，天历二年特拜陕西行台中丞。改革吏弊（《元史·张养浩传》记元钞积弊事，颇与刘致《上高司监》套曲相印证），以劳瘁卒。至顺二年追封滨国公，谥文忠。他的散曲有《云庄休居自适小乐府》[3]一卷，见《千顷堂书目》，小令三十五首，套曲二首，《太平雍熙》两乐府，及《青楼韵语广集》。他的散曲的作风兼有豪放与清逸。如：

见斜行鸡犬乐升平，
绕屋桑麻翠烟生，

---

[1] 原注：张养浩见《元史》卷一百七十五。
[2] 待制　底本作"侍制"，据《中国官制大辞典》（P.452）"翰林待制"条改。
[3] 原注：《云庄休居自适小乐府》有明成化刊本，有金陵卢氏刊本。

> 杖藜无处不堪行。
> 满月云山画难成。
> 泉声,
> 响时仔细听,
> 转觉柴门静。(【尧民歌】)

这便是"清逸"的例。此曲的妙处,即从闹中而反写出静境;将林泉的真趣表现无遗,堪称匠心。云庄曲我很喜他的《警世》【红绣鞋】:

> 才上马齐声儿喝道,
> 只这的便是送了那人的根苗,
> 直引到深坑里恰心焦。
> 祸来也何处躲?
> 天怒也怎生饶?
> 把旧来时威风不见了。

又如:

> 正胶漆当思勇退,
> 到商参才说归期,
> 只恐范蠡张良笑人痴。

腆着胸登要路，
　　睁看眼履危机，
　　直到那其间谁救你。

　　玩其意致，感遇必深，不然似乎泛泛者体会不得的。按《元史》文忠本传：武宗时曾疏时政被忌，变姓名遁去。英宗初即位，又以陈内府元夕张灯事被忌，而文忠即毅然退休。明乎此，则【红绣鞋】之作，岂无谓之作耶？云庄曲豪放的，如【沽酒】[1]、【山坡羊】《潼关怀古》。

　　峰峦如聚，
　　波涛如怒，
　　山河表里潼关路。
　　望西都，
　　意踟蹰，
　　伤心秦汉经行处，
　　宫阙万间都做了土。
　　兴，
　　百姓苦。
　　亡，

---

[1]【沽酒】当为【双调·沽美酒兼太平令】《叹世》略写。

百姓苦。(【山坡羊】《潼关怀古》)

此曲以透辟沉着胜,拟之涵虚子评林,宜为孙仲章之"秋风铁笛",或李致远的"玉匣昆吾",差为似之。何以涵虚独谓云庄之词如"玉树临风"耶? 云庄又有:

鹤立花边玉,
莺啼树杪弦,
喜沙鸥也解相留恋。
一个冲开锦川,
一个啼残翠烟,
一个飞上青天。
诗句欲成时,
满地云撩乱。(【庆东原】)

此又舍激昂而入"闲婉"了。总之,云庄曲以豪放为宗,他的《自适休居小乐府》开一时的风气。在"马派"作家中是一位很重要的健将。

刘致(1280—?)字时中,号逋斋,石州宁乡人。他曾任永新州判,历翰林待制,后出为浙江行省都事。卒贫无以葬。他和姚燧同时而略为后辈。大德初以文章就正于姚燧(《侍牧庵先生西湖夜宴》),姚燧赏其清拔宏丽。他又与卢疏斋相唱和。

他的散曲现存小令六十余首，套数三首，散见于《阳春白雪》《乐府群玉》各选本中。作品有清丽的，有豪放的，近东篱而也能为小山之雅。如：

> 画船，
> 绮宴，
> 红翠乡中见。
> 荷花人面两婵娟，
> 花不如人面。
> 锦绣千堆，
> 繁华一片，
> 是西湖六月天。
> 扣舷，
> 采莲，
> 怕什么鸳鸯见。(【朝天子】)

这种富于青春的、荡放的情趣的作品，在他的集中是很多的：

> 愿天，
> 可怜，
> 乞个身长健。

花开似[1]锦海如川,
日日西湖宴。
杨柳宫眉,
桃花人面,
是来生未了缘。
过船,
醉眠,
还不迭风流愿。(【朝天子】)

像这一类的作品,虽然是清丽可诵,但并不是他集中的上乘;他的最伟大的作品,是《上高司监》二套,在元曲中尤可称奇特而珍贵的作品,是散曲家所未尝试的境地。这两套曲是连续的,为散曲内最长的一篇。如:

众生灵遭魔障,
正值着时岁饥荒。
谢恩光承济皆无恙,
编作本调儿唱。

开题先说明第一篇大意,以下看他怎样敷陈饥民的惨状:

---

[1] 似　底本作"以",据《全元散曲》(P.655)改。

> 甑生尘老弱饥,
> 米如珠少壮荒。
> 有金银那里每典当,
> 尽枵腹高卧斜阳。
> 剁榆树餐,
> 挑野菜尝。
> 吃黄不老胜如熊掌,
> 蕨根粉以代糇粮。
> 鹅肠苦菜连根煮,
> 荻笋芦蒿带叶啖,
> 只留下杞柳株樟。(《上高司监》【滚绣球】)

更惨的是:

> 或是捶麻柘稠调豆浆,
> 或是煮麦麸稀和细糠。
> 一个个黄如经纸[1],
> 一个个瘦似豺狼,
> 填街卧巷。(【倘秀才】)

---

[1] 经纸 《全元散曲》(P.670)作"经纸"。

这简直是一幅流亡图了。第二首掘出库吏的弊端，揭出江西钞法的积弊；淋漓尽致，是一篇研究元代经济史最重要的参考的资料。如：

三二百锭费本钱，
七八下里去干取，
诈捏作曾缩卷假如名目，
偷俸钱表里相符。(【滚绣球】)

更可狠的是：

且说一年中事例钱，
开作时每自与。
库子每岁高低预先除去，
军百户十锭无虚。
攒司五五拿，
官人六六除。
四牌头每一名是两封足数。
更有合千人把门军弓手，殊途。
那里取官民两便通行法，
赤紧他贿赂单宜左道术。
于汝安乎？(【滚绣球】)

在许多的曲家们,都是用散曲抒写他们的情意,或写男女的相思之情。而时中却用散曲来敷陈民间的疾苦,指摘政途的黑暗;他这末一来,散曲的地位却随着提高不少。正如唐代白居易的新乐府诗一样的功用,将诗的范围扩大了许多。次再举时中豪放的例。如:

诗狂悲壮,
杯深豪放,
恍然醉眼千峰上。
意悠扬,
气轩昂,
天风鹤背三千丈,
浮生大都空自忙。
功,
也是谎,
名,
也是谎。(【山坡羊】《与邸明公孤山游饮》)
瘿瓢,
带槽,
将瓮里浮蛆舀。
氤氲双颊绛云潮,
春色添多少。

>稚子牵衣,
>山妻迎笑。
>急投床脚健倒。
>醉了,
>睡好。
>醉乡大,
>人间小。(【朝天子】)

这俨然是东篱的"疏放浩渺"。孰谓时中但解作"荷花人面"(【朝天子】句)耶?

鲜于枢[1](1257—1302)字伯机,渔阳人。至元间为浙江行省都事,官至太常典簿,有《困学斋集》,虞集的《道园学古录》,曾题鲜于伯机小像:

>敛风沙裘剑之豪,
>为湖山图史之乐。
>翰墨轶米薛而有余,
>风流拟晋宋而无怍。

我们从这四句可以知伯机是个什么样的人物了。他善书,

---

[1] 原注:鲜于枢见《元诗纪事》卷八。

有《题王大令保母帖》四首，系论书之作。苏天爵云："鲜于公早岁学书，愧未能若古人，偶适野见二人挽车行淖泥中，遂悟书法。"（《题鲜于伯机诗帖》）他又工诗，《诗薮》摘其五言律佳句，有"鸟飞青嶂里，人语翠微中"。他的散曲不多，《阳春白雪》载有【八声甘州】一套，极清朗疏逸之至。

江天暮雪，
最可爱青帘，
摇曳长杠。
生涯闲散，
占断水国渔邦。
烟浮草屋梅欹砌，
水绕柴扉山对窗。
时复竹篱旁，
犬吠汪汪。（【八声甘州】）

又：

向满目夕阳影里，
见远浦归舟。
帆力风降，
山城欲闭，

时听戍鼓辝辝。
群鸦噪晚千万点,
寒雁书空三四行。
画向小屏间,
夜夜停缸。(【八声甘州·幺】)
闷携村酒饮空缸,
是非一任讲。
恣情拍手掉渔歌,
高低不论腔。(【八声甘州·元和令】)
浪湾湾,
水淙淙,
小舟斜揽坏桥椿。
纶竿蓑笠,
落梅风里钓寒江。(【八声甘州·尾】)

像这些句子不但有清逸的风致,且都是美丽的图画。我们读伯机的曲,真如看倪云林的山水小景;虽是疏疏的几笔,却教人那末可爱。

伯机的儿子必仁,字去矜,亦能曲,《正音谱》评其词如"金璧腾辉"。如:

汉子陵,

> 晋渊明,
> 二人到今香汗青[1]。
> 钓叟谁称?
> 农夫谁名?
> 去就一般轻。
> 五柳庄月朗风清,
> 七里滩浪稳潮平。
> 折腰时心已愧,
> 伸脚处梦先惊。
> 听,
> 千万古圣贤评。(【寨儿令】)

这倒是很豪放的作品。伯机的曲以"清逸"胜,去矜的曲却以"豪放"见长;因为叙述的便利,所以将他们父子两人合在一起了——虽然是将伯机放在豪放派稍为勉强一些。

马九皋字昂夫,畏吾人,事迹无考。他所作以小令为多,散见诸选本中,作风以豪放为宗。像:

> 惊人学业,
> 掀天动地,

---

[1] 汗青 底本作"汉青",据《全元散曲》(P.392)改。

是英雄成败残杯炙。
鬓堪嗟,
雪难遮,
晚来揽镜中肠热,
问着老天无话说。
东,
沉醉也;
西,
沉醉也。(【山坡羊】)

这是十足的马派。昂夫曲最多的是宴饮时的唱随,貌为豪放,而实则空无所有。像上例【山坡羊】还是比较踏实的作品。至若:

几年无事傍江湖,
醉倒黄公旧酒炉。
人间纵有伤心处,
也不到刘伶坟上土。(【湘妃怨】)
大江东去,
长安西去,
为功名走遍天涯路。(【山坡羊】)
耐惊耐怕黄虀瓮,

长满长干老酒盆,
一贫尽可张吾军。(【阳春曲】)

这种浮浅的、貌为豪放而实无所有的东西,实在是马派的厄运。当时一般老官僚们,既不得志于有司,无可奈何的"归去来兮"之后,他们所吟唱的大概就是这些不痛不痒、自夸恬退的文字;但这只说说而已,并不是他们心底所反映出来的呼声。然昂夫并不都是这一类的东西。像:

孤山云树,
大桥烟雾,
景濛濛不比江潮怒。
淡妆梳,
浅妆梳,
西湖也怕西施妒,
天也为他巧对付。
晴,
也宜画图;
阴,
也宜画图。(【山坡羊】《苦雨》)

这比较算是华美一些的例。至若:

>醉归来,
>
>入门下马笑盈腮,
>
>笙歌接至朱帘外,
>
>夜宴重开。
>
>十年前一秀才,
>
>黄虀菜,
>
>打熬做文章伯。
>
>江湖气概,
>
>风月情怀。(【殿前欢】《醉归》)

马九皋曲近东篱处实多,故向有"二马"的称号。此词疏狂豪放,俨然东篱的謦欬,在马曲中堪称为豪放的代表。

邓玉宾,字里事实无考,但据钟丑斋《录鬼簿》知,他曾做元同知[1],其时代约与冯子振、贯酸斋相若。他的散曲现存的虽不多,但我们不能不承认,他是马致远豪放一派的同调。涵虚子《正音谱》评其词如"幽谷芳兰",可以见他词格之高了。例如:

>白云深处青山下,
>
>茅庵草舍无冬夏。

---

[1] 同知 底本作"通知",据《全元散曲》(P.303)改。

闲来几句渔樵话，
困来一枕葫芦架。
你省的也么哥，
你省的也么哥，
煞强如风波千丈担惊怕。（【叨叨令】《道情》）

又如：

乾坤一转丸，
日月双飞箭。
浮生梦一场，
世事云千变。
万里玉门关，
七里钓鱼滩。
晓日长安近，
秋风蜀道难。
休干，
误杀英雄汉，
看看，
星星两鬓斑。（【雁儿落带得胜令】《闲适》）

此词意境的超脱，辞句的飘逸，洵可称为马派的健将而无

愧,其成就实不在"天马脱羁"的贯酸斋之下。又如:

> 一个[1]空皮囊包裹着千重气,
> 一个干骷髅顶戴着十分罪。
> 为儿女使尽拖刀计,
> 为家私费尽担山力。
> 你省的也末哥,
> 你省的也末哥,
> 这一个长生道理何人会。(【叨叨令】)

豪放清逸,也是十足的马派。

贯云石[2](1286—1324)一名小云石海涯,字酸斋,畏吾人。父名贯只哥,遂以贯为氏。初袭父官,为两淮万户府达鲁花赤,继选英宗潜邸说书秀才。仁宗时,官至翰林学士。既而叹曰"辞尊居卑,昔贤所为",即称疾南归,卖药钱塘市,诡名易服,人无识者。他尝过梁山泺见渔父织芦花为被,爱其清,欲易之以绸。渔父见其贵易贱,异其为人,阳曰:"君欲吾被,当更赋诗。"遂援笔立就。中有"采得芦花不浣尘,翠蓑聊复藉为茵。西风刮梦秋无际,夜月生香雪满身"之句(见《元诗纪事》),因又号芦花道人。他的散曲有《酸斋乐府》,存小

---

[1] 个　底本作"筒",据《全元散曲》(P.303)改。
[2] 原注:贯云石见《元史》卷一百四十三,《元诗纪事》卷十一。

令八十六首,套数九首。作风以豪放清逸为主,在词中颇近苏辛。他也有清润秾艳者。像"弃微名去来,心快哉,一笑白云外。知音三五人,痛饮何妨碍,醉袍袖舞嫌天地窄"(【清江引】)可为前者的例。"起初儿相见十分欢,心肝儿般敬重将他占。数年间来往何曾厌"(【塞鸿秋】)却是后者的佐证。至【红绣鞋】一曲,尤极艳顽之至:

> 挨着靠着云窗同坐,
> 看着笑着月枕双歌。
> 听着数着怕着愁着早四更过。
> 四更过,
> 情未足。
> 情未足,
> 夜如梭。
> 天哪!
> 更闰一更妨什么?

酸斋集俊语如珠,美不胜录。如:

> 战西风遥天几点宾鸿至,
> 感起我南朝千古伤心事。
> 展花笺欲写几句知心事,

空教我停霜毫半晌无才思。
往常得兴时，
一扫无瑕疵。
今日个病恹恹刚写下两个相思字。(【塞鸿秋】)

此曲荡气回肠，文情凄楚；而铺排转折，神理气势，无不兼全。周德清虽力诋其衬字太多，但亦无害其为名作。他又有【粉蝶儿】散套，《西湖游赏》一曲："描不上小扇轻罗，你便是真蓬莱赛他不过。"又复婉娈多姿。又他的：

新秋至，
人乍别，
顺长江水流残月。
悠悠画船东去也，
这思量起头儿一夜。(【落梅风】)

着墨不多，而风趣无尽，谁谓酸斋只会作"天马脱羁"一类雄词(《正音谱》评酸斋如"天马脱羁")耶？相传酸斋隐西湖日，有郡中数人游虎跑泉饮酒，诸人请以泉为韵。中一人但哦"泉泉泉"，久不能就，忽一叟曳杖而来。问其故，应声云：

泉泉泉，乱迸珍珠个个圆。

> 玉斧斫开顽石髓,
> 金钩搭出老龙涎。

众惊问曰:"公非贯酸斋乎?"曰:"然然然。"遂邀同饮,尽醉而去(《西湖游览志》)。观此可以想见酸斋翁风度了。酸斋临终有《辞世诗》云:"洞花幽草结良缘,被我瞒他四十年。今日不留生死相,海天秋月一般圆。"洞花、幽草为酸斋二妾。见《辍耕录》。

第三章
清丽派的黄金时代

张可久 — 乔吉 — 郑德辉 — 曾瑞 — 睢景臣 — 徐再思 — 吴仁卿 — 曹明善 — 周文质 — 赵善庆 — 王仲元 — 高克礼 — 周德清 — 钱霖 — 任昱 — 李致远 — 王晔

在这第二期的散曲作家中,无疑的张可久足以领袖群伦。虽然乔吉和他为散曲坛上的双璧,有"诗中李杜"之称,但乔吉是兼作杂剧的,说到散曲,实在不如他享名之盛。即就后代的影响上说,乔吉也不如他的伟大。他和马致远一样,在元代的散曲坛上都占着领袖的地位,而他的成就尤为伟大。他是元代唯一的散曲专家。散曲的清丽一派至他发扬光大。在关汉卿,在王实甫,在白仁甫,在卢挚,在元好问、商挺、杨果、刘秉忠、胡祗遹、姚燧……诸人的作品,虽然已是清丽俊美的作风,但他们都以剧曲、以古文、以诗名,或是"公卿大夫"者,散曲不过是他们的副业之一;而张可久则是散曲的专业者,散曲以外便不再作诗词古文和剧曲了。

张可久字小山（《尧山堂外纪》则说张伯远字可久号小山。《四库总目》则说张可久字仲远号小山），庆元人。他的年代亦不可确定。但就《录鬼簿》和他的作品——《湖上和疏斋学士》《疏斋学士自长沙归》《忆疏斋学士》《红梅和疏斋学士》《酸斋学士席上》《湖上酸斋索赋》《次酸斋韵》《酸斋席上听胡琴》《为贯酸斋解嘲》——知他与卢疏斋、贯酸斋的唱和很多。疏斋在成宗朝授集贤学士，酸斋仁宗时拜翰林侍读学士。他的《今乐府》中有《庆东原·次马致远先辈韵》九篇，即此两例证之，可知小山为十三世纪后期十四世纪初期的人物，与卢、贯的时代差不多，仅较关、马为后辈罢了。至他的行事，我们只知道以路吏转首领官（李开先谓如今税课局大使之职）为桐庐典史。钱惟善《江月松风集》《送张小山之桐庐典史》云：

> 君家乐府号吴盐，
> 况是风姿美笑谈。
> 公干才名倾邺下，
> 小山词赋擅江南。
> 霜清万木丹青变，
> 雨暝千峰紫翠含。
> 县幕从容钓台去，
> 临流应得潄余酣。

他晚年便隐居西湖,名湖词人,结不解缘,所咏尤细腻详瞻,故有《苏堤渔唱》之集。他性好游,浙中名山水足迹殆遍。我们如就他作品考之,知他到过天台(《天台瀑布寺》)、黄山(《黄山道中》)、武夷(《武夷山中》)、虎丘(《虎丘道上》),亦曾足迹踏过扬州(《维扬遇雪》)、绍兴(《山阴道上》)、金华(《金华道中》)、镇江(《游金山寺》),以及长沙、洞庭、牛渚、采石。他的散曲集有《小山北曲联乐府》三卷,外集一卷。内分《今乐府》《苏堤渔唱》《吴盐》《新乐府》四种。近人任中敏据《北曲联乐府》改编为《小山乐府》[1],凡六卷,存小令七百五十一首,套数七首。元人散曲专集,此为独传,亦以此为独富了。小山自来评者甚多。兹举其重要的数家。

> 张小山之词如瑶天笙鹤,清而且丽,华而不艳,有不食烟火气,可谓不羁之才。若被太华仙风,招蓬莱海月,词林之宗匠也。(涵虚《正音谱》)

这虽然是浮泛的赞语,但如"清而且丽,华而不艳"二句,倒也搔着痒处。至若明李开先之评语:

> 东篱苍古,而小山清劲,瘦至骨立,而血肉销化俱尽,

---

[1] 原注:张可久的散曲集有元刊本,有明李开先辑本《张小山小令》,有任中敏辑本《小山乐府》,见《散曲丛刊》中。

乃孙悟空之练成万转金铁躯矣。

此语颇蹐驳可笑。后来李开先序刻乔梦符、张小山二家小令，又有"乐府之有乔张，犹诗家之有李杜"之语。王骥德更为之辨道："夫李则实甫，杜则东篱始当，乔、张盖长吉、义山之流。"这也是浮泛不关痛痒的评语。"义山长吉何尝似，李杜原来迥不伦。"可以推翻李、王两说矣。至若许光治《江山风月谱》之语"在俪辞追乐府之工，散句撷唐宋之秀"，这简直是作骈句，非复元明的月旦了。此外明清人评者甚多。如杨慎、陈所闻、沈德符、朱彝尊、阮元……总之小山之曲，以清丽为宗，但就作品的内容细分之，则有清俊的，有典丽的；然也有的是偏于"凄艳哀惋"，有的是近于"流宕豪放"……他的曲是多方面的，"包罗天地称当家"，是小山才情的丰富。"淡妆浓抹总相宜"，西湖便是张曲的象征。小山曲集可分为三部分：一是近诗词的，二是介于曲词之间的，三是纯正的曲子。先看第一部分。如：

猿啸黄昏后，
人行画卷中。（【梧叶儿】）
雪冷谁家店，
山深何处钟？（【梧叶儿】）
愁烟恨水丹青画，

峻宇雕墙宰相家。(【拔不断】)

小山有时直用前人诗句入曲。杨慎《词品》云:"张小山《小桃红》词云:萎荞春雪动,杨柳索春饶。山谷诗也。"又如:

鸳鸯浦,
鹦鹉洲,
竹叶小渔舟。
烟中树,
山外楼,
水边鸥,
扇面儿潇湘暮秋。(【梧叶儿】《次韵》)

此曲(《太平乐府》《北词广正谱》均归徐再思)通体全是静字的点缀,无一动词,雅是雅了,但过于含而不吐,全无散曲生动的妙趣,这与东篱【天净沙】《秋思》是一样的近词的曲。又如:

长日绣窗闲,
人立秋千画板。(《即春日书所见》)
屏外氤氲兰麝飘,
帘底惺忪鹦鹉娇。

> 暖香绣玉腰，
> 小花金步摇。(【凭栏人】《湖上醉余》)
> 晚风花雨晴，
> 小楼山月明。(【凭栏人】《晚晴小景》)

这些句子在他的曲中是很多的，尤其是像"长日绣窗闲，人立秋千画板"，"暖香绣玉腰，小花金步摇"诸句，简直是《花间》《尊前》中温、韦的佳句了。又如：

> 月笼沙，
> 十年心事赋琵琶。
> 相思懒看帏屏画，
> 人在天涯。
> 春残豆蔻花。
> 情寄鸳鸯帕，
> 香冷荼蘼架。
> 旧游台榭，
> 晓梦窗纱。(【殿前欢】《离思》)

此首虽较上例流贯了，但仍是雅丽的"诗余"，不能算是好的曲子；然而这是清人所最赏识的"骚雅"的作品。至若：

云冉冉,
草纤纤,
谁家隐居山半崦?
水烟寒,
溪路险,
半幅青帘,
五里桃花店。(【迎仙客】《括山道中》)
小玉阑干月半掐,
嫩绿池塘春几家。
鸟啼芳树了,
燕衔黄柳花。(【凭栏人】《暮春即事》)

此两首有静的描写,也有动的叙述,有的话说出来了,意思全露,写景如画,便渐入曲境了。再如:

黄莺乱啼门外柳,
细雨清明后。
能消几日春,
又是相思瘦,
梨花小窗人病酒。(【清江引】《春思》)
拢钗燕,
靸绣鸳。

> 卷珠帘绿阴庭院。
> 奈何天不教人醉眠!
> 打新荷雨声一片。(【落梅风】《睡起》)

"打新荷雨声一片",这才是好的曲句。喜读小山曲的人,当从此一类的曲着眼,方得曲之妙趣。我在前面说过,张曲有清俊的,有典丽的,有凄惋的,更有豪放的。兹再举例以证之。如:

> 门前好山云占了,
> 尽日无人到。
> 松风响翠涛,
> 槲叶烧丹灶,
> 先生醉眠春自老。(【清江引】)

这便是清俊的例。又如:

> 与谁,
> 画眉?
> 猜破风流谜。
> 铜驼巷里玉骢嘶,
> 夜半归来醉。

小意收拾,
怪胆禁持,
不识羞谁似你,
自知理亏,
灯下合衣睡。(【朝天子】《闻情》)

这便是典丽的例子。至若以凄惋胜者,如:

人老去西风白发,
蝶愁来明日黄花。
回首天涯,
一抹斜阳,
数点寒鸦。(【折桂令】《九月》)

小山豪放的作品。如:

沧浪可以濯缨。
叹千里波波,
两鬓星星。
遁迹林泉,
甘心畎亩,
罢念功名。

> 青门外芸瓜邵平，
> 白云边垂钓严陵。
> 潮落沙汀，
> 月转林坰，
> 午醉方醒。（【折桂令】《读史有感》）

又如：

> 唤归来，
> 西湖山上野猿哀。
> 二十年多少风流怪，
> 花落花开。
> 望云霄拜将台，
> 袖星斗安邦策，
> 破烟月迷魂寨。
> 酸斋笑我，
> 我笑酸斋。（【殿前欢】《次酸斋韵》）

【殿前欢】《次酸斋韵》一词，逸情远致，跃跃纸上，其作风也近酸斋，又几入东篱之室。孰谓小山只解作清丽词耶？ 以上所录皆小山的小令，至他的套数，当以【南吕·一枝花】《湖上晚归》套为最佳，李开先、沈德符俱以为足和马致远的"百岁光阴"相匹敌。今人卢冀野《论曲绝句》云："论曲犹怜落彩霞，包罗天地称当家。庆元一老空凡响，谩说仙风被太华。"这都足见【一枝花】套的脍炙人口：

> 长天落彩霞，
> 远水涵秋镜。
> 花如人面红，
> 山似佛头青。
> 生色围屏，
> 翠冷松云径，
> 嫣然眉黛横。
> 但携将旖旎浓香，
> 何必赋横斜瘦影。(【一枝花】)
> 挽玉手留连锦裪，
> 据胡床指点银瓶，
> 素娥不嫁伤孤另。
> 想当年小小，
> 问何处卿卿？
> 东坡才调，
> 西子娉婷，
> 总相宜千古留名。
> 吾二人此地私行，

六一泉亭上诗成。
三五夜花前月明,
十四弦指下风生。
可憎,
有情,
捧红牙合伊川令。
万籁寂,
四山静,
幽咽泉流水下声,
鹤怨猿惊。(【一枝花·梁州】)
岩阿禅窟鸣金磬,
波底龙宫漾水精。
夜气清,
酒力醒,
宝篆销,
玉漏鸣。
笑归来仿佛二更,
然强似踏雪寻梅灞桥冷。(【一枝花·尾】)

李开先甚喜此曲,他说:"小山此曲,古今绝唱,世独重马东篱《夜行船》,人生有幸有不幸耳。"沈德符亦说:"若散套虽诸人皆有之,惟马东篱百岁光阴,张小山长天落彩霞为一时绝唱。"(《顾曲杂言》)小山散套又有【南吕·一枝花】《春怨》："莺穿残杨柳枝,虫蠹损蔷薇刺。"通首全对,李开先也甚称之。

与张可久并称而以作杂剧《扬州梦》《金钱记》《两世姻缘》得名的乔吉,也是散曲的当行家。张可久的曲,骚雅与蕴藉为其特色,而乔吉则雅俗并用,尤能得曲家的妙谛;故论者以乔吉在散曲坛上的地位,或较张可久为高。乔吉(约1280—1345)字梦符,号笙鹤翁,又号惺惺道人。太原人。美容仪,能词章,以威严自饬,人敬畏之。居杭州太乙宫前。有题西湖《梧叶儿》百篇,胥疏江湖间四十年,欲刊行所作未成。至正五年二月卒于家(参钟嗣成《录鬼簿》)。我们所知道乔吉的生平,只此而已。再他自己的作品【绿幺遍】《自述》也可供我们的参考:

> 不占龙头选,
> 不入名贤传,
> 时时酒圣,
> 处处诗禅,
> 烟霞状元,
> 江湖醉仙。
> 笑谈便是编修院,
> 留连,
> 批风切月四十年。(【绿幺遍】)

我们就此词看，可知道乔吉的生活，实较张可久更为落魄，更为放浪。再看他的【折桂令】《上巳游嘉禾南湖歌者为豪夺扣船自歌邻舟皆笑》："劣燕娇莺，冷笑诗仙，击楫扬舲。"可以想见我们这位大曲家疏狂的豪气了。又【折桂令】《自述》云：

华阳巾鹤氅蹁跹。
铁笛吹云，
竹杖撑天。
伴柳怪花妖，
麟翔凤瑞，
酒圣诗禅。
不应举江湖状元，
不思凡风月神仙。
断简残编，
翰墨云烟，
香满山川。（【折桂令】）

又如：

酒肠渴柳阴中拣云头剖瓜。
诗句香梅梢上扫雪片烹茶。
万事从他。

虽是无田,
胜似无家。(【天香引】《自叙》)

从这些句子,都可以看出乔吉的生活来。他的散曲,有近人任中敏所辑《乔梦符散曲》三卷。[1] 内分《惺惺道人乐府》《文湖州集词》《摭遗》,存小令近二百首(复见十七首),套数十首。元人散曲之存小令者,除张小山外,要算乔吉为独富了。涵虚子评他的曲如:"神鳌鼓浪,若天吴跨神鳌,嚊沫于大洋,波涛汹涌,截断众流之势。"此但赏其雄健,要未能尽乔曲之胜,李开先评他:"蕴藉包含,风流调笑,种种出奇,而不失之怪;多多益善,而不失之繁;句句用俗,而不失其文。"此语则有几分似处。"蕴藉包含,风流调笑",即小山之"骚雅",至"句句用俗"便是乔曲独具的风趣了。兹先看他的第一类。如:

彤云分翠拢香丝,
玉线界宫鸦翅。
露冷蔷薇晓初试,
淡匀脂,
金篦腻点兰烟纸。
含娇意思。

---

[1] 原注:《乔梦符小令》明李开先辑本,有隆庆元年刊本,有任中敏新辑本,《乔梦符散曲》见《散曲丛刊》中。

> 媵人须是，
> 亲手画眉儿。（【小桃红】《晓妆》）

这便是小山的"蕴藉"。他写美人晓妆，自拢发至于插花，琐琐都手自为之，独画眉一事，必留以媵人亲手，真深得美人娇韵，与欧阳修"走来窗下笑相扶，爱道画眉深浅入时无"有异曲同工之妙。又如：

> 芳心偷付檀郎，
> 怀儿里放，
> 枕袋里藏，
> 梦绕龙香。（【水仙子】《楚仪赠香囊赋以报之》）
> 楚巫娥挪[1]取些工夫，
> 媵酒人归未，
> 停歌月上初，
> 今夜何如？（【水仙子】《嘲楚仪》）
> 殷勤谢伊，
> 虽无传示，
> 来探了两遭儿。（【小桃红】《楚仪来因戏赠之》）

---

[1] 挪 《全元散曲》（P.618）作"偷"。

像这些句子,都属风流调笑之作,而字句洒落隽永,信多妙趣。若再看:"司空休作寻常事,尊前但得,身边伏侍,谁敢想那些儿。"(【小桃红】《赠朱阿娇》)全曲传神正在阿堵中了。至乔曲的后一种例,如:

> 怎生来宽掩了裙儿,
> 为玉削肌肤,
> 香褪腰肢。
> 饭不沾匙,
> 睡如翻饼,
> 气若游丝。
> 得受用遮莫害死,
> 果诚实有甚推辞,
> 干闹了多时。
> 本是结发的欢娱,
> 倒做了彻骨儿相思。(【折桂令】《寄远》)

又如:

> 满腔子苦恨病相兼,
> 一肚皮离情沉点点,
> 豫章成开了座相思店,

> 闷勾肆儿逐日添,
> 愁行货顿塌在眉尖。
> 税钱比茶船上欠,
> 斤两去戥秤上掂,
> 吃紧的历册般拘钳。(【水仙子】《为友人作》)

这类"出奇不失于怪,用俗而不失为文",又本色又奇丽的句子,确为梦符所独擅,这在张曲中是不会见到的东西。

我在上例所录乔曲多属清丽一类的例子,至他雄健豪放之作,在他的作品中亦不为少。如:

> 蓬莱老树苍云。
> 禾黍高低,
> 狐兔纷纭。
> 半折残碑,
> 空余故址,
> 总是黄尘。
> 东晋亡也再难寻个右军,
> 西施去也统不见甚佳人。
> 海气长昏,
> 啼鴂声干,
> 天地无春。(【折桂令】《丙子游越怀古》)

> 秋声一片芦花。
> 正落日山川,
> 过雨人家。
> 美歌舞风流,
> 太平时事,
> 诗酒生涯。(【折桂令】《秋日湖山宴集》)
> 黑海春愁,
> 浑无处躲,
> 嫩香腻玉渐消磨,
> 瘦啊也不似今春个。(【春闺怨】)

像上面诸曲,疏朗流宕,意气苍莽,和他的专写儿女相思者判若两人。梦符高才,真不能以常例衡之了。涵虚评梦符曲如"天吴跨神鳌,噀沫于大洋,波涛汹涌,截断众流之势",盖指他此类雄健的作品。

郑光祖与乔吉同为第二期的著名杂剧家。他和乔吉与第一期的关汉卿、王实甫、白朴、马致远是被称为元曲六大家的。但他的散曲却不见得高明,在六大家中要算以他为最下。[1] 他字德辉,平阳襄陵人。以儒补杭州路吏,为人方直,不妄与人交,卒葬西湖灵芝寺。他在当时很有名,声振闺阁,伶伦辈称

---

[1] 原注:任中敏辑的《元人散曲三种》,有郑德辉的一种。

郑老先生，皆知其为德辉也（《录鬼簿》）。他著有杂剧十九种，现存四种（《伲梅香翰林风月》《周公辅成王摄政》《醉思乡王粲登楼》《迷青琐倩女离魂》）。他的散曲现存小令三首（《乐府群玉》选【折桂令】二首，《阳春白雪》选【蟾宫曲】一首），套数二首（《太平乐府》选【驻马听】一套，《北宫词纪》选【梧桐树】一套）。就他这些作品看，大都以"清丽"为宗，是张可久的同调。如他的：

> 雨过池塘肥水面，
> 云归岩谷瘦山腰。（【驻马听】《秋闺》）

像这类近诗的句子，已足证是张可久的同好了。又如：

> 飘飘泊泊，
> 船缆定沙汀。
> 悄悄冥冥，
> 江树碧荧荧，
> 半明不灭，
> 一点寒灯。（【折桂令】）[1]
> 弊裘尘土压征鞍，

---

[1]《全元散曲》（P.463）该曲曲牌作【双调·蟾宫曲】。

鞭倦裛芦花。

弓剑萧萧,

一竟入烟[1]霞。

动羁怀西风禾黍,

秋水蒹葭。

千点万点,

老树寒鸦。

三行两行,

写高寒呀呀雁落平沙。

曲岸西边近水涡,

鱼网纶竿钓艖。

断桥东下,

傍溪沙,

疏篱茅舍人家。

见满山满谷,

红叶黄花。

正是凄凉时候,

离人又在天涯。(【折桂令】)[2]

此类饶有画意的清逸的句子,置之《小山集》中,当能乱

---

[1] 烟 底本作"姻",据《全元散曲》(P.463)改。
[2]《全元散曲》(P.463)该曲曲牌作【双调·蟾宫曲】。

真。至他的"月圆苦苦被阴云罩,偏不把离愁照,玉人何处教吹箫?辜负了这良宵"(【驻马听】《秋闺》)便看出德辉是在偷用古语,雕镂词句,乃去小山益远。涵虚评他"出语不凡,若咳唾落乎九天,临风而生珠玉",这未免太高视德辉了。

曾瑞字瑞卿,大兴人。南居后,羡钱塘景物之盛,因家焉。瑞卿神采卓异,衣冠整肃,优游市井,飘飘然好似神仙中人。自号褐夫,善丹青,能隐语小曲,有《诗酒余音》,今虽佚,但散见于《太平乐府》诸选本却也不少。他所作大都为江湖间的熟语、市井流行的习惯辞。如:

旧衣服陡恁宽,
好茶饭减多半,
添盐添醋人撺断,
刚捱了少半碗。(【蝶恋花】套《闺怨》)

又云:

恰初春又早残春至,
只愁吹破胭脂。
忽惊风雨夜来时,
零落了千红万紫。(【愿成双】散套【幺】)

曾瑞是一位杂剧的作家，所以他的散曲亦是那末样的"通俗"。他的杂剧现存《王月英元夜留鞋记》(见《元曲选》辛集上)，《录鬼簿》亦作《佳人误元宵》。

睢景臣字景贤，扬州人。大德七年，他从维扬到杭州，与《录鬼簿》的作者钟丑斋相识。他著有杂剧三种——《牡丹记》《千里投人》《屈原投江》。他的散套有《高祖还乡》，确是一篇奇作。钟嗣成说："维扬诸公，俱作《高祖还乡》套数，惟公《哨遍》，制作新奇，皆出其下。"试看这位"流氓皇帝"汉高祖还乡是怎样的"装乔"：

> 那大汉下的车，
> 众人施礼数。
> 那大汉觑得人如无物。
> ……
> 猛可里抬头觑，
> 觑多时，
> 认得熟，
> 气破我胸脯。(【哨遍·二煞】)
> 你须身姓刘？
> 你妻须姓吕？
> 把你两家儿根脚从头数。
> 你本身做亭长，

  耽几杯酒；
  你丈人教村学，
  读几卷书。
  曾在俺庄东住；
  也曾与我喂牛，切草，拽坝，扶锄。(【二煞】)

  这种尖辣滑稽之词，愧得由他说出来。最后这位庄稼老说道：

  只道刘三，
  谁肯把你揪捽住。
  白甚么改了姓，
  更了名，
  唤汉高祖。

  是那样的流利尖刻，是那样的故意开玩笑，真把刘邦挖苦透了。涵虚子评睢景臣之词如"凤管秋声"，这很可供我们的参考。
  徐再思字德可，嘉兴人。好食甘饴，故称甜斋。钟嗣成《录鬼簿》也说他"好食甘饴，故号甜斋，有乐府行于世。其子长善颇能继其家声"。世人以他和贯酸斋并称,谓之"酸甜[1]乐府"。有集见《散曲丛刊》中。[2] 他虽然和酸斋并称,但他们的作风则异。酸斋作风以豪放清逸为主,近于马致远一派;而甜斋曲则包含着凄婉、华美、艳丽诸优点,其作风较接近张可久。试看他凄婉的,如:

> 一声梧叶一声秋。
> 一点芭蕉一点愁。
> 三更归梦三更后,
> 落灯花棋未收,
> 叹新丰孤馆人留。
> 枕上十年事,
> 江南二老忧,
> 都到心头。(【水仙子】《夜雨》)

华美的如:

> 紫燕寻旧垒,
> 翠鸳栖暖沙,
> 一处处绿杨堪系马。

---

[1] 甜　底本作"酣",据史实酌改。
[2] 原注:徐甜斋乐府有任中敏辑的《酸甜乐府》,见《散曲丛刊》中。

他,
问前春沽酒家,
秋千下,
粉墙边红杏花。(【阅金经】《春》)

艳丽的如:

平生不会相思。
才会相思,
便害相思。
身似浮云,
心如飞絮,
气若游丝。
空一缕余香在此,
盼千金游子何之?
证候来时,
正是何时。
灯半昏时,
月半明时。(【蟾宫曲】《春情》)

任中敏最喜此词。他说:"首尾各以数语同押一韵,全属自然声籁,何可多得。末四句仅各四字而唱叹转折,能一尽其情

致,真是神来之笔。"(《曲谐》卷一)诚然,这实在是娇媚可喜的东西。至若:

> 昨宵是,
> 你自说,
> 许着咱这般时节。
> 到西厢等的人静也,
> 又不成再推明夜。(【寿阳曲】《春情之二》)
> 梧桐画栏明月斜,
> 酒散笙歌歇。
> 梅香走将来,
> 耳畔低低说;
> 后堂中老夫人沉醉也。(【清江引】《私欢》)

像这些句子虽然亦写得娇冶动人,但终不免"浅露"之感,远不若《水仙子》词的刻骨镂心、耐人回味了。《正音》评甜斋词如"桂林清月",可以见其词情境之清。卢冀野诗云:"游丝飞絮写相思,落尽灯花枕上时。梦向桂林秋月里,回甘还取《水仙》词。"(《曲雅·论曲绝句》)看此诗可对徐甜斋得一概括的观念。

吴仁卿字弘道,号克斋,蒲阴人。历任仕府判,致仕。他的杂剧有《子房货剑》《正阳门》《阿房宫》《屈原投江》《手卷记》五种。散曲有《金缕新声》，今已佚。现《群玉》存【上小楼】小令六首，《阳春白雪》存【金字经】十一首，【斗鹌鹑】一套，《太平乐府》选小令八首，套曲二套。《正音谱》评其词如"山间明月"。就他现存之作品看，大都清疏多逸趣。如：

泛仙槎，
寄生涯，
长江万里秋风驾。
稚子和烟煮嫩茶，
老妻带月炮新鲊，
醉时闲话。(【拨不断】)

又如：

这家村醪尽，
那家酷瓮开，
卖了肩头一担柴。
哈！
酒钱怀内揣。
葫芦在，
大家提去来。(【金字经】)

像他这一类清疏的句子，在他的曲中是很多的。他的生平虽然在现今我们不能知道很详，但就他的"穷知县，日高犹自眠"，"晋时陶元亮，自负经济才，耻为彭泽一县宰"（均【金字经】句），"虚名仕途，微官苟禄"（【上小楼】《钱塘感旧》）可知道，他是做过知县一类的"穷官"。"梦中邯郸道，又来走这遭。"他明白了做官也不过这么一回事，于是便致仕退隐。"七桩儿为伴侣，茶药琴棋酒画书"，就是他晚年生活的缩影。

曹明善曾为衢州路吏，一说官山东宪使。钟嗣成称他"甘于自适"。时伯颜擅权，乱入人罪，明善赋【清江引】《长门柳》二首以刺伯颜，伯颜怒，他避居吴中僧舍始免。他的散曲约存小令十八首，见《乐府群玉》。《录鬼簿》称其作风"华丽自然，不在张可久之下"，可知他是当时一位很有名的作家。

> 长门柳丝千万缕，
> 总是伤心处。
> 行人折柔条，
> 燕子衔芳絮，
> 都不由凤城做主。（【清江引】《长门柳》）
> 长门柳丝千万结，
> 风起花如雪。
> 离别重离别，
> 攀折复攀折，

苦无多旧时枝叶。(【清江引】《长门柳》)

　　他的散曲钟嗣成虽以"华丽自然"四字评之,但从他现存十数首来看,宁称为华丽、秀润、自然三方面的。华丽的例,如:

　　　　春云巧似山翁帽,
　　　　古柳横如独木桥,
　　　　风微尘软落红飘。
　　　　沙岸好,
　　　　草色上裙腰。(【喜春来】《和则明韵》)

秀润的如:

　　　　小红楼隔水人家,
　　　　草已鸣蛙,
　　　　柳已藏鸦。
　　　　试卷朱帘,
　　　　寻山问寺,
　　　　何处无花。(【折桂令】《西湖早春》)

自然的如:

春来南国花如绣,
雨过西湖水似油,
小瀛州外小红楼。
人病酒,
料应下帘钩。(【喜春来】《和则明韵》)

周文质(？—1334)字仲彬,其先建德人,后居杭州。他体貌清癯,学问淹博,资性工巧。善丹青,能歌舞,明曲调,谐音律。他与钟嗣成为莫逆,故《录鬼簿》记他的生平较详。他著有杂剧四种(《教女兵》《杜韦娘》《苏武还乡》《唐庄宗》)。他的散曲《群玉》载有小令四十四首,《太平乐府》选套曲五套,《录鬼簿》谓其文笔新奇。如:

鸾凤配,
莺燕约,
感萧娘肯怜才貌。
除琴剑又别无珍宝,
只一片至诚心要也不要。(【落梅风】)

又如:

叮叮当当铁马儿乞留玎琅闹。

> 啾啾唧唧促织儿侬柔侬然叫。
> 滴滴点点细雨儿渐溜渐零哨。
> 潇潇洒洒梧叶儿失流疏剌落。
> 睡不着也末哥,
> 睡不着也末哥。
> 孤孤另另犀枕上迷飚模登靠。(【叨叨令】《悲秋》)

前一首是情词,其末句意就是别无以为赠,索性掏出我的心罢!文字炙手腾跃,抒情之作,真厚如是!觉时下流行小曲"小亲亲不要你的金,不要你的银,奴奴只要你的心",真肉麻透了。后一首悲秋,写来索索有声,文字活跃,真可以当得起"新奇"二字而无愧。

赵善庆字文质,别作赵文宝名孟庆,饶州乐平人。善卜术,任阴阳学正。他著有杂剧七种(《教女兵》《七德舞》《满庭芳》《村学堂》《糜竺收资》《执笏谏》《姜肱共被》)。他的散曲《群玉》载有小令二十九首。其作风以"清疏"见长。如:

> 山对面蓝堆翠岫,
> 草齐腰绿染沙洲。
> 傲霜橘柚青,
> 濯雨蒹葭秀,
> 隔苍波隐隐红楼。

点破潇湘万顷秋,

是几叶儿传黄败柳。(【沉醉东风】《秋日湘阴道中》)

此曲殊饶萧疏之韵。又如:

问六桥何处堪夸?

高低杨柳,

远近桃花。

临水临山寺塔,

半村半郭人家。(【折桂令】《西湖》)

又如:

稻粱肥,

蒹葭秀,

黄添篱落,

绿淡汀洲。

……

沙鸟翻风知潮候,

望烟红万顷沉秋。

半竿落日,

一声过雁,

几处危楼。(【普天乐】《江头秋行》)

善庆这种喜用清疏之笔来写景物的作品,在他的集中是很多的。此外,写情的亦还不错。如:

数听啼鸟穿花枝,
院落无人至。
宝枕轻推粉痕渍,
印胭脂,
雕阑强倚无情思。
鬅鬙鬓丝,
追思心事,
正是断肠时。(【小桃红】《佳人睡起》)

这真是"蓝田美玉"(涵虚子评语),是令人把玩不忍释手的东西。至如"望晴空莹然如纸片,一行雁一行愁字"(【落梅风】《江流晚眺》),也是纤雅圆润的隽品。

王仲元杭州人,与钟丑斋为莫逆交,他有杂剧三种(《于公高门》《袁盎却坐》《私下三关》)。他的散曲《群玉》载有【江儿水】十首,【普天乐】《春日多雨》一首,《太平乐府》选套曲四套。涵虚《正音谱》将他放入"近下一百五人",并注云:"俱是杰作,尤有胜于前列者,其词势非笔舌可能拟,真词林之英杰也。"可看出他在当时也是一位著名的作者。他的散曲都清逸可喜。如：

> 谁待理他闲是闲非，
> 紧把红尘避。
> 庵前绿水围，
> 门外青山对，
> 寻一个稳便处闲坐地。(【江儿水】《叹世》)

又如：

> 竹冠草鞋粗布衣，
> 晦迹韬光计。
> 灰残风月心，
> 参得烟霞味。(【江儿水】)
> 茅斋倚山门傍溪，
> 镇日常关闭。
> 安闲养此心，
> 去住从吾意。(【江儿水】)

这些这些，都可以看出仲元恬淡闲逸的生活来。

高克礼字敬臣(《录鬼簿》作敬德)，号秋泉，河间人。

小曲乐府极为工巧。《元诗选》癸集称其字敬臣，荫官至庆元理官。治政以清静为务，不为苛刻，以简淡自处。工古今乐府，有名于时。如：

> 新愁因甚多，
> 浅黛教谁画？
> 倦将珊枕敲，
> 款要朱扉亚。
> （过）
> 月明闲照绿窗纱，
> 酒冷重温白玉斝。
> 五花骢系何处垂杨下？
> 少年心亏负杀亏负杀！
> 不恨你个冤家，
> 高烧银蜡，
> 宽铺绣榻，
> 今夜来么？（【雁儿落过得胜令】）

秋泉亦能诗。有和杨铁崖《西湖竹枝词》："第四桥头第一湾，看鱼直上玉泉山。大鱼已逐龙飞去，留得当年旧赐环。"（见《元诗纪事》）

周德清字挺斋，高安人，著有《中原音韵》《作词十法》，

为曲家所宗。他在当时为一音韵家,他所自作曲亦是百炼千锤极精美的东西。如:

> 镫挑斜月明金鞯,
> 花压春风短帽檐,
> 谁家帘影玉纤纤。
> 黏翠靥,
> 消息露眉尖。(【喜春来】《春晚》)

又如:

> 月儿初上鹅黄柳,
> 燕子先归翡翠楼,
> 梅魂体暖风香篝。
> 人去后,
> 鸳被冷堆愁。(【喜春来】《别情》)

这还不是晶莹若珠玑的东西吗? 至像:"千山落叶岩岩瘦,百结柔肠寸寸愁,有人独倚晚[1]妆楼。楼外柳,眉叶不禁秋。"(《秋思》)都可以看出挺斋散曲的造诣来。他虽在当时很有名,

---

[1] 晚　底本作"晓",据《全元散曲》(P.1337)改。

但家况奇窘,尝有【折桂令】写当时的窘状:

倚蓬窗无语嗟呀,
七件儿全无,
做什么人家?
柴似灵芝,
油似甘露,
米若丹砂。
酱瓮儿恰才梦撒,
盐瓶儿又苦消乏。
茶也无加,
醋也无加。
七件事尚且艰难,
怎生教我折柳攀花。(【折桂令】《开门七件事》)

此可看出挺斋生活的苦境了。卢冀野诗所谓:"开门七事苦嗟呀,柴米油盐酱醋茶。"(《论曲绝句》)文人潦倒,自昔如斯,读挺斋曲,真令人啼笑不得!

钱霖字子云,松江人,与徐再思同时(《蟾宫曲》有《钱子云赴都》一首),弃俗为黄冠,更名抱素,号素庵,多游名公卿间。善诗与曲,有集曰《醉边余兴》,又类集当时诸公曲曰《江湖清思集》。《醉边余兴》今已失传。他的散曲存于今者,只有《乐府群玉》卷三所载的【清江引】(失题)四首和《辍耕录》所载素庵【哨遍】套曲而已。兹录【清江引】一、四两曲：

> 梦回昼长帘半卷，
> 门掩荼䕷院。
> 蛛丝挂柳绵，
> 燕嘴粘花片，
> 啼莺一声春去远。(【清江引】之一)
> 恩情已随纨扇歇，
> 攒到愁时节。
> 梧叶一声秋，
> 砧杵千家月，
> 多的是几声儿檐外铁。(【清江引】之四)

钟嗣成《录鬼簿》谓《醉边余兴》词意极工巧。但看【清江引】四首，尚未见出他的"工巧"处。"梧叶一声秋，砧杵千家月。"只不过是词意雅驯而已。若《辍耕录》所载素庵【哨遍】套曲，写守财奴的聚敛："忍包羞，油铛插手，血海舒拳，肯落他人后。晓夜寻思机彀，缘情钩距，巧取旁搜。"则以"巉刻"胜，也不见得怎样的工巧。

任昱字则明，四明人。他少年时的浪漫生活很像柳永"狎游平康，以小乐章流布裙钗"，晚年乃锐志读书。他亦工七字

诗,如《西湖竹枝词》云:

> 侬住湖边二十年,
> 花开花落任春妍。
> 门前有个垂杨树,
> 不着游人系画船。(《西湖竹枝集》)

他与张小山、曹明善同时。《乐府群玉》明善的散曲中有【喜春来】《和则明韵》三首,可知他们的年辈是差不多的。他的散曲现存小令五十余首,套数一首(【一枝花】见《太平乐府》),作风以"华美"胜。如:

> 暗朱箔雨寒风峭,
> 试罗衣玉减香销,
> 落花时节怨良宵。
> 银台灯影淡,
> 绣枕泪痕交,
> 团圆春梦少。(【红绣鞋】《春情》)

又如:

> 绛罗为帐护寒轻,

银甲弹筝带醉听。
玉奴捧砚催诗赠,
写青楼一片情,
倦疏狂席上风生。
红锦缠头罢,
银钗剪烛明,
有酒如渑。(【水仙子】《友人席上》)

这种"倚红偎翠,浅斟低唱"的浪漫生活,还不是则明少年时代生活的缩影么?但他到了晚年,生活便如此恬淡了:

小堂不闭野云封,
隔岸时闻涧水舂。
比邻分得山田种,
宦情薄归兴浓。(【水仙子】《幽居》)

又如:

叹朝暮青霄用舍,
尽头颅白发添些。
伴渔樵,
苦茅舍,

>　　醉西风满川红叶。
>　　近日邻家酒易赊，
>　　三径黄花放也。（【沉醉东风】《隐居》）

　　这些这些，都可看出他晚年的作品，迥异于少年时代了。"文艺是生活的反映"，所以在则明少年浪漫生活的曲子，其作风多华美艳丽，晚年退居后，所过"野鹤闲云"般的生活，则其作风一转而为"清疏"了。

　　李致远字里无考。但知其有《还牢末》一剧见《元曲选》。他的散曲《群玉乐府》载小令二十六首。杨选《太平乐府》载散套四套。他的套曲并不见精采，小令却颇轻圆朗润。如：

>　　吹落红，
>　　楝花风，
>　　深院垂杨轻雾中。
>　　小窗闲，
>　　停绣工，
>　　帘幕重重，
>　　不锁相思梦。（【迎仙客】《暮春》）

　　又如：

敲风修竹珊珊，
润花小雨斑斑，
有恨心情懒懒，
一声长叹，
临鸾不画眉山。(【天净沙】《离愁》)

这些句子都明朗轻圆，如一粒粒晶莹的珠玑，令人把玩不置的。此外像：

粉云吹作修鬟，
碧月低悬玉弯。
落花懒慢，
罗衣特地轻寒。(【天净沙】《春闺》)
樽前有人颜似玉，
笑索多情句。(【清江引】《赠妓》)
夜雨留荷泪，
西风吼树音，
秋月弄桐阴，
梅花谢别来到今。(【梧叶儿】《失题》)

此类句都清逸玉润，拟以张云庄之"玉树临风"差可近似，何以涵虚子评其词如"玉匣昆吾"，无乃"张冠李戴"耶！

王日华名晔,号南斋,杭州人。体丰肥而善滑稽,能词章乐府。临风对月之际,所制工巧,有与朱凯题《双渐小青问答》,人多称赏(《录鬼簿》)。他所作杂剧凡三种:《卧龙冈》《双卖花》《桃花女》。兹录他的【庆东原】《题双渐小青问答》:

俏排场惯见曾经,

自古惺惺,

爱惜惺惺。

燕友莺朋,

花阴柳影,

海誓山盟。

那一个坚心志诚,

那一个薄幸离情。

只问苏卿,

是爱冯魁?

是爱双生?(【天香引】《问苏卿》[1])

苏卿答道:

平生恨落风尘,

---

[1]《全元散曲》(P.1086)该曲曲牌作【折桂令】。

虚度年华，

减尽精神，

月枕云窗，

锦衣绣褥，

柳户花门。

一个将百十引江茶问肯，

一个将数十联诗句求亲。

心事纷纭，

待嫁了茶商，

怕误了诗人。(【天香引】《答》[1])

苏卿所答仍是一己的"两头难"，未曾有着实话，所以下文【凤引雏】再问："小苏卿言词道不诚实……"接着苏卿答道：

满怀冤被冯魁扑掩了丽春园。

江茶万引谁情愿，

听妾明言：

多情小解元，

休埋怨，

---

[1]《全元散曲》(P.1087)该曲曲牌作【折桂令】。

俺违不过亲娘面,

一时间误走上茶船。(【凤引雏】《答》[1])

以下【天香引】《问冯魁》[2]、【凌波仙】《冯魁答》[3]一味铜臭,当前者更为熏倒了。再下又【天香引】《问双渐》[4],【凌波仙】答:

小苏卿是接了冯魁定,

俏书生便喋声。

……

非干是咱薄幸。(【凌波仙】《双渐答》[5])

以下【天香引】《问黄肇》[6]、【凌波仙】《答》[7]。最后【天香引】《问苏妈妈》[8]:

只为贪钱,

---

[1]《全元散曲》(P.1087)该曲曲牌作【殿前欢】。
[2]《全元散曲》(P.1088)该曲曲牌作【折桂令】。
[3]《全元散曲》(P.1088)该曲曲牌作【水仙子】。
[4]《全元散曲》(P.1089)该曲曲牌作【折桂令】。
[5]《全元散曲》(P.1089)该曲曲牌作【水仙子】。
[6]《全元散曲》(P.1090)该曲曲牌作【折桂令】。
[7]《全元散曲》(P.1090)该曲曲牌作【水仙子】。
[8]《全元散曲》(P.1090)该曲曲牌作【折桂令】。

> 将个婵娟，
> 卖上茶舡。

苏妈妈答道：

> 有钱的问甚纸糊锹，
> 没钞由他古定刀。
> 是谁俊俏谁村拗，
> 俺老人家不信索。
> 冯员外将响钞递着，
> 双生号咷休干闹，
> 黄肇嗒且莫焦，
> 价高的俺便成交。（【凌波仙】《苏妈妈答》）[1]

　　看此曲虔婆狡猾，尽在字里行间，而所答亦虎虎有生气。通观全局，除冯魁所答外，当以此阕为最豪辣。全案角色甚多，独于男女两丑脚，所言特为精工，这与元杂剧通例之注重生旦者当为别致了。自元曲以来，曲中播咏最盛者有三大情史：一为《西厢》故事，一为马嵬坡故事，一即为双渐小青事。《西厢》极于王、关，马嵬盛于白、洪，人所共知。双青事，在诸宫调

---

[1]《全元散曲》（P.1091）该曲曲牌作【水仙子】。

则有《五牛张》，商正叔《双渐小青》。北曲则有庾天锡《苏小青丽春园》，王实甫《苏小青月夜贩茶船》，纪天信《信安王断复贩茶船》（将苏小青归双渐）。南杂剧则有《苏小卿月下贩茶船》《汝阳记》。传奇则有明王玉峰《三生记》，万历间人所作的《千里舟》《赶苏卿》。散套则有周文质《斗鹌鹑》。小令则王日华此种实为体格之最新者。一般人以散曲、剧曲之分，每以演故事与不演故事为别。我们读王日华此曲，及《西厢摘翠百咏》以【小桃红】演全部故事，知剧曲、散曲之分别，并不在搬演故事与否为衡，而散曲在文学上的地位，乃益为重要。

第四章
后期的豪放派

杨朝英 — 钟嗣成 — 刘庭信

元代散曲的豪放派,在第一期马致远时代,已到达了它的登峰造极的地域。到了第二期,乃是张可久清丽一派独霸的时代,马派的同调是很寂寞的,远不若以前的人才济济了。这时期只有杨朝英、钟嗣成、刘庭信……三数人来点缀此冷落场面而已。

杨朝英号澹斋,青城人。他的事迹现已多不可考,我们只知道他和贯酸斋为莫逆交,酸斋尝道"我酸则子澹",遂以号之(见邓子晋《太平乐府序》)。至正间他尝选"当代朝野名笔"为《阳春白雪》[1]《太平乐府》[2]二集,为现代元散曲仅存的总集,而为研究元散曲主要的宝库。他的散曲约存二十余首,散见诸选本中。而他自己的作品,也见于"二选"中。他的散曲

---
[1] 原注:《乐府新编阳春白雪》(残本)五卷,有《散曲丛刊》本。
[2] 原注:《朝野新声太平乐府》八卷,有《四部丛刊》本。

以豪放为多，其作风颇似酸斋。如：

> 白云窝，
> 樵童斟酒牧童歌。
> 醉时林下和衣卧，
> 半世磨陀，
> 富和贫伊什么？
> 自有闲功课，
> 共野叟闲吟和。
> 呵呵笑我，
> 我笑呵呵。(【殿前欢】《和前韵》[1])

又如：

> 闲时高卧醉时歌，
> 守己安贫好快活。
> 杏花村里随缘过，
> 胜尧夫安乐窝。
> 任贤愚后代如何？
> 失名利痴呆汉，

---

[1]《全元散曲》(P.1297)该曲题目作【殿前欢】《和阿里西瑛韵》。

> 得清闲谁似我,
> 一任他门外风波。(【湘妃怨】)

这都可看出他的疏放的豪气,元代豪放一派散曲,大都这一类"渔翁把盏樵夫唱"(【叨叨令】《叹世》)刹那的享乐主义论调。《正音谱》评杨曲如"碧海珊瑚",不甚切当,倒是像他的"浮云薄处朣朦日,白鸟明边隐约山"(《阳春曲》)差当此评。

钟嗣成字继先,号丑斋,汴人。他是邓善之、曹克明、刘声之的高足弟子。他和这期的作者大都友善,如金仁杰、施惠、周文质皆与之游。他是一位很好的抒情诗人。他既累试不第,又不乐为吏,乃居于杭州以著作为事。他著杂剧凡七种(《冯谖收券》《诈游云梦》《钱神论》《斩陈余》《章台柳》《郑庄公》《蟠桃会》)。他的散曲现存小令三十余首,套曲一套,散见于《乐府群玉》《太平乐府》中。他的作风大都以豪放为宗,但常显示着特殊的诙谐与颓放的风趣。

> 风流得遇鸾凤配,
> 恰比翼,
> 便分飞。
> 绿杨易散琉璃脆,
> 没揣地钗股折,

厮琅地宝镜亏,
扑通地银瓶坠。
香冷金猊,
烛暗罗帏。
支剌地搅断离肠,
扑速地淹残泪眼,
吃塔地锁定愁眉。
天高雁杳,
月皎乌飞。
暂别离,
且宁耐,
好将息,
你心知。
我诚实,
有心谁怕隔年期。
去年须凭灯报喜,
来时长听马鸣嘶。(《恨别》【骂玉郎带过感皇恩采茶歌】)

这真是一篇"绝妙好辞"。我们如果拿此曲和"昨天话儿说甚的,今日都翻悔。直凭铁心肠,不管人憔悴。下场头送了我都是你"(【清江引】《情》)可看出,钟嗣成写情的手段真是

不坏。他尚有【醉太平】小令三首,写乞儿的生活,惟妙惟肖,为明薛近兖《绣襦记》的《莲花》一出之所本。如:

> 绕前街后街,
> 进大院深宅。
> 怕有那慈悲好善小裙钗,
> 请乞儿吃顿饱斋,
> 与乞儿绣幅合欢带,
> 与乞儿换副新铺盖。(【醉太平】)
> 俺是悲天院下司,
> 俺是刘九儿宗枝。
> 郑元和俺当日拜为师,
> 传留下莲花落稿子。(【醉太平】)

凡读薛近兖《绣襦记》的人们,每赏他的《莲花》一出,谓为浑然天成,如沈景倩《顾曲杂谈》说:"鹅毛雪一折,乞儿家长口头语,镕铸浑成,不见斧凿痕。"看丑斋【醉太平】,乃知薛作盖从钟曲学来。钟曲尤妙的是在第三首:

> 风流贫最好,
> 村沙富难交,
> 拾灰泥补砌了旧砖窑,

开一个教乞儿市学。
裹一顶半新不旧乌纱帽,
穿一领半长不短黄麻罩,
系一条半联不断皂环绦,
做一个穷风月训导。(【醉太平】)

钟丑斋曲是以豪放称的。《正音谱》评他如"腾空宝气",可想见其一团豪气了。这类作品如:

灯前抚剑听鸡声,
月下吹箫引凤鸣。
功名两字原无命,
学神仙又不成,
叹吴侬何处归耕。
日月闲中过,
风波梦里惊,
造物无情。(【水仙子】)

又如:

听不厌鸾笙象板,
看不足凤髻蝉鬟,

> 按不住刺史狂,
> 学不得司空惯。
> 常不教粉吝红悭,
> 若不把群花恣意看,
> 饱不了平生饿眼。(【沉醉东风】)

这不是马派的同调吗？钟曲又有【清江引】十首,每首末句都是"早寻个稳便处闲坐地"。这是有意的在学马致远的【清江引】《野兴》二首。

刘庭信,字里不可考,我们知道他是南台御史刘庭翰族弟,俗呼黑刘五。他的散曲约存小令七十余首,套数六首。在这些作品中,颇多"奇丽"的曲子。如:

> 秋风飒飒撼庭梧,
> 秋雨潇潇响翠竹,
> 秋云黯黯迷烟树,
> 三般儿一样苦,
> 苦的人魂魄全无。
> 云结就心间愁闷,
> 雨好似眼中泪珠,
> 风做了口内长吁。(【水仙子】)

涵虚子论词谓庭信如"摩云老鹘",这是很可供我们参考的。他又有【折桂令】《别情》十余首,见《词林摘艳》。如:

> 想人生最苦离别,
> 唱到阳关,
> 休唱三叠。
> 意迟迟抹泪揩眸。
> 急煎煎揉腮抓耳,
> 呆答孩闭口藏舌。
> 情儿分儿你心里记者,
> 病儿痛儿我身上添些。
> 家儿活儿既是抛撇,
> 书儿信儿是必休绝,
> 花儿草儿打听得风声,
> 车儿马儿我亲自来也。

这首曲写寻常小夫妇话别的情形,虽然不是"执手相看泪眼,竟无语凝咽"那样凄苦的内心难过,但外貌的刻画,已将"小妇人"急煎煎的心境活画出来了。尤其是结尾二语"花儿草儿打听得风声,车儿马儿我亲自来也"。描写泼辣妇人的"醋意",尤堪发噱。《西厢记》《伤离》一出【叨叨令】虽已先有此种语调,但不如此语的"妙造自然"。又如:

> 他那里鞍儿马儿身子儿劣怯,
> 我这里眉儿眼儿脸脑儿乜斜。
> 侧着头叫一声行者,
> 搁着泪说一句听者,
> 得官时早报个期程,
> 准备你丢丢抹抹远远的来迎接。

这种句子都是从《西厢》学来。按庭信【折桂令】十余首,第一句皆作"想人生最苦离别",盖仿"王西厢"的"草桥店梦莺莺"之词。但他的笔致则颇近董解元。按董词云:"最苦是离别,彼此心头难弃舍[1]。莺莺哭得似痴呆,脸上啼痕多是血,有千种恩情何处说?"廷信韵调,宁不类此耶!又如:

> 过了一百五日上坟的日月,
> 早来到二十四夜祭灶的时节。
> 寂寂寞寞终岁巴结,
> 孤孤另另彻夜咨嗟,
> 欢欢喜喜盼的他回来,
> 凄凄凉凉老了人也。

---

[1] 舍　底本作"拾",据清末刘世珩暖红室刊本《汇刻传剧》所收《董解元西厢记》改。

本色语说来老实痛快,"凄凄凉凉老了人也",胜过前人一切"美人迟暮"之作多多了。庭信曲虽是以豪放称的,但有两种不同的色彩,一是"奇丽",二是"豪放",像前者所举【折桂令】可以代表奇丽的一方面。至他豪放的作品,当以【醉太平】为代表:"怕衣冠束缚,诗酒消磨,三分天色二分过,相人生几何?"这不是马派作家们刹那的享乐主义的论调吗?

第五章

过渡时期的几位曲家

汪元亨 — 唐以初 — 汤式 — 刘东生 — 高明 — 朱有燉

散曲到了明初,仍是在不断的进展,且更呈显着如火如荼的景象。这时散曲的作家,除了由元入明的汪元亨、谷子敬、唐以初、贾仲明、丁野夫、汤舜民、刘东生诸人尚在尽情地呕吟外,明朝的皇帝和贵族,也很提倡作曲。明太祖虽起自布衣,却喜《琵琶记》。著《太和正音谱》的宁献王权,制《诚斋乐府》的周宪王有燉,不但是散曲的提倡者,同时他们自制之曲也传唱一时。李梦阳诗云:"中山孺子倚新妆,赵女燕姬总擅场。齐唱宪王新乐府,金梁桥外月如霜。"(《汴梁元宵绝句》)又牛左史恒诗云:"唱彻宪王新乐府,不知明月下樊楼。"可以想见当时的盛况了。

汪元亨号云林,饶州人。元时为浙江省掾,后徙居常熟。所作杂剧有三种,今存《刘晨阮肇桃源洞》一种。他的散曲有

《小隐余音》和《云林清赏》各一卷,已佚,但《雍熙乐府》载他的散曲至百篇。在这些作品中,其作风大都以豪放见长。如:

> 憎苍蝇竞血、
> 恶黑蚁争穴。
> 急流中勇退是豪杰,
> 不因循苟且。
> 叹乌衣一旦非王谢,
> 怕青山两岸分吴越,
> 厌红尘万丈混龙蛇,
> 老先生去也。(【醉太平】《归隐》)

此曲不独有登高远瞩、睥睨一切的气概;而他的急流勇退,坚决归隐的态度,实可表现出他独特的清高的性格。至他的:

> 问老生掉臂何之?
> 在云外青山,
> 山下茅茨。
> 向陇首寻梅,
> 杖头挑酒,
> 就驴背吟诗。(【折桂令】)

这种休居闲适的气味，正充分地表现着国家丧乱时代的无可奈何的刹那享乐主义。

唐以初名复，京口人，号冰壶道人。杂剧有《陈子春四女争夫》，今佚。散曲【水仙子】词意却很奇特。如：

蓝桥驿一步步鬼门关，

阳台路一层层刀剑山，

桃源洞一处处连云栈，

有情人难上难，

姻缘簿扯做了引魂幡。

波浪起尾生心碎，

云雨散襄王梦残，

桃花谢刘阮情悭。(【水仙子】)

此外尚有《徐都相书堂》："伯牙琴，王维画，文章公子宰相人家。"又【红绣鞋】四首，见于《乐府群珠》。

汤式字舜民，号菊庄，宁波人。为明初散曲十六家之一。杂剧有《娇红记》《瑞仙亭》二种，散曲有《菊庄乐府》。他是明初很红的一位词客，贾仲明谓："文皇帝在燕邸时，宠遇甚厚，永乐间，恩赉常及，所作乐府、套数、小令极多，语皆工巧，江湖甚传之。"他的【蟾宫曲】《咏西厢》一首，音调别致，情韵悠然，为曲中重句格俳体之一种，明人施绍莘《花影集》、冯惟敏《海浮词稿》都有仿此格。施名其调曰"闺怨蟾宫",冯曰"四景闺词",后来的小曲中仿此者尤多,蔚然成为一派了。试看汤曲:

> 冷清清人在西厢,
> 叫一声张郎,
> 骂一声张郎。
> 乱纷纷花落东墙,
> 问一会红娘,
> 絮一会红娘。
> 枕儿余,
> 衾儿剩,
> 温一半绣床,
> 闲一半绣床。
> 月儿斜,
> 风儿细,
> 开一扇纱窗,
> 掩一扇纱窗。
> 荡悠悠梦绕高唐,
> 萦一寸柔肠,
> 断一寸柔肠。(【蟾宫曲】)

舜民是曲中的老手能手，圆稳老到是其特长，但却没有怎样了不得的天才。他的【商调·望远行】亦圆稳老到，真朴浑厚，在明人作品中，决不是嘉、隆以后的产物：

杏花风习习暖透窗纱，
眼巴巴颙望他，
不觉的月儿明钟敲鼓儿挝。
梅香你与我点上银台蜡，
将枕被铺排下。
他若是来时节，
那一会作衔，
玉纤手忙将这俏冤家耳朵掐。
嗏，
实实的那里行踏？
乔才！
你须索吐一句儿真实话。

写娇泼少妇如见其形，如闻其声，而造语又是那末样的圆到，真可以当得起曲家老手而无愧。至如"树当轩作翠屏，月到帘为银烛"（【南吕·一枝花】），设色便觉平庸了。

刘东生（生卒未详）名兑[1]。他是位戏曲家，曾作《月下老世间配偶》。贾仲明的《续录鬼簿》说它"极为艳丽，传诵人口"，但此剧现已不存了。他的《金童玉女娇红记》二卷，却是一部伟作。至于他的散曲，今存也不多，除了陈所闻《南宫词纪》（卷三）所存的一套南曲《秋怀》外，像【正宫·刷子带芙蓉】《四时闺怨》一套，也是一部佳作：

> 燕将雏，
> 逢初夏，
> 梦断华胥，
> 风弄檐马，
> 闲扁了刺绣窗纱。
> 香消宝鸭，
> 那人在何处贪欢耍，
> 空辜负沉李浮瓜。
> 寂寞，
> 厌池塘闹蛙。
> 庭院日长偏怜我，
> 枕簟上夜凉不见他。
> 多娇姹，

---

[1] 兑　底本作"兖"，据《全明散曲》（P.5）改。

爱风流俊雅。
猛倚阑干,
猛思容貌胜荷花。(《四时闺怨》的【山渔灯犯】)
渐迤逦寒侵绣榻,
早顷刻雪迷了鸳瓦。
自恨今生分缘寡,
红炉畔共谁闲话。
晚妆罢,
托香腮闷加,
胆瓶中懒添雪水浸梅花。(《四时闺怨》的【朱奴插芙蓉】)

上边所录的两调是《四时闺怨》的夏、冬二季。在春的结句是:"黛眉懒画,鞞宫鸦鬓边斜插小桃花。"在秋的结句是:"对西风病容憔悴似黄花。"又如:

疏刺刺一弄儿新声不断续,
真乃是万籁笙竽。
一年中好景休辜负,
渐看他柳减荷枯。
画屏般碧云红树,
锦机似彩鸳白鹭。

> 炎气浮,
> 月影脯,
> 送长天落霞孤鹜。
> 扫纤尘净太虚,
> 见冰轮飞出云衢。(【刮地风】)

这也是极萧疏之趣的句子。

高明[1](1310?—1380?)字则诚,瑞安人,一云平阳人。元顺帝至正五年(1345)进士,授处州录事,后调浙江阃幕都事,转江西行台掾,又转福建行省都事。初方国珍叛,省臣以他是温州人,知海滨事,择以自从。国珍就抚,欲留置幕下不从,即日解官,旅寓鄞栎社沈氏,以词曲自娱。洪武初,召修《元史》,以老病辞。著有《琵琶记》《柔克斋集》。

他在当时所交游皆为知名士,尝往来无锡顾阿瑛玉山草堂。阿瑛选其诗入《草堂雅集》,称他"长才硕学,为时名流"。他亦有《题顾氏景筠堂词》:

> 绿玉参差傍短檐,
> 高堂清梦已冥冥。
> 满枝只带湘灵点,

---

[1] 原注:高明见《元诗纪事》卷十九。

> 一曲空听秦凤鸣。
> 天莫问物多情,
> 此君潇洒若生平。
> 风声月色来亭榭,
> 老泪年来湿几更。(《鹧鸪天》)

他亦能诗,晚年所作,极感慨苍凉之致,如《和赵承旨题岳王墓韵》:

> 莫向中原叹黍离,
> 英雄生死系安危,
> 内廷不下班师诏,
> 朔漠全归大将旗。
> 父子一门甘仗节,
> 山河万里竟分支,
> 孤臣尚有埋身地,
> 二帝游魂更可悲。

他这诗也是满装载着亡国之恨的。所以陶南村说:"读此诗而不堕泪者几希。"(《辍耕录》)散套《春游》云:

> 杏花梢,

间着梨花雪,
一点点梅豆青小。
流水桥边,
流水桥边,
只听得卖花声声频叫。
秋千外,
行人道,
粉墙内,
佳人笑,
笑道春光好,
把花篮旋簇食榴高挑。(《春游》的【千秋岁】)
俊多娇,
只顾贪欢笑,
却不道冷被人瞧。
绿柳阴中,
绿柳阴中,
藏身暗折花枝来到。
低声问,
奴容貌,
比花貌争多少?
又被才郎恼,
道花枝胜似奴貌妖娆。(《春游》的【千秋岁】)

闹花深处,

闹花深处,

滴溜溜酒斾招。

牡丹亭左侧,

寻女伴,

斗百草。

翠巍巍柳条,

翠巍巍柳条,

见忒楞楞晓莺儿,

飞过树梢。

扑簌簌落红,

舞翩翩粉蝶儿飞过画桥。

一年景,

四季中,

惟有春光好。

向花前畅饮,

月下欢笑。(《春游》的【越恁好】)

如此好句,何减《琵琶》隽语耶?

继于汪元亨、唐以初、汤舜民、刘东生、高明之后的散曲作家,无疑的宁献王朱权、周宪王朱有燉是明初散曲坛上的两颗明星。但朱权所作仅存一部《荆钗记》传奇(?),而他所作的散曲，今却未见一篇。至同时其他散曲家，则连姓氏也不曾见之记载，遑论其作品了。所以在宣德到成化的六十年的曲坛，只有朱有燉算是这静寂如坟墓般曲坛上的号筒。"齐唱宪王新乐府，金梁桥外月如霜。"可知他在当时是一位唯一的曲家了。所以我在这"过渡时期的几位曲家"一章里作这样结论：汪元亨、唐以初、汤舜民……他们结束了金元两代的散曲坛；至下开弘治、正德康（海）、王（九思）一般人北曲隆盛的先声，则不能不推朱有燉为开山祖师。

朱有燉[1]（1374—1542），他是明周定王橚之长子，太祖之孙，仁宗洪熙元年（1425）袭封周王。他博学善书，为世子时，有《东书堂法帖》。他遭遇隆平之世，奉藩多暇，留心文艺，尤精马（致远）、贯（云石）之学。他所作杂剧有三十一种之多。据我们现在所能看到的，亦有二十五种。收在《杂剧十段锦》《周宪王乐府三种》《奢摩他室曲丛》二集、《盛明杂剧》第二集诸书中。他的杂剧的文字，虽不见得怎样的漂亮，但音调和谐，确是他的特点。《列朝诗集》谓："诚斋所作，音律谐美，流传内府，至今中原弦索多用之。"诚然，他在当时朱氏诸王里，实是一位才华绝代的作家。他的散曲集《诚斋乐府》二卷[2]，《曲品》评他："色夭散圣，乐国飞仙，嗣出天潢，才分月露。"但我们就他现在的作品论之，诚斋曲颇多陈腐的套语，远不配《曲

---

[1] 原注：见《明史》卷一百十六《周定王橚传》内。
[2] 原注：《诚斋乐府》有明宣德九年刊本。

品》所评之高华名贵。如：

> 乘兴去虽然美话，
> 兴阑归亦自由他。
> 着梢公怎地不嗟呀！
> 忍着饥催去棹，
> 捱着冷又还家，
> 把一个老先生埋怨杀！（【红绣鞋】《剡溪棹雪》）

这只是将王子猷"雪夜访戴"的一个普通刺船夫的心理"描写"，意思既没有什么新奇，而字句也不见得浑成，并不是曲的上乘文字。又如【一枝花】《隐居》套的一段：

> 对着这一川残照波光瞑，
> 两岸西风树色明。
> 看了这山水清幽足佳兴。
> 醒时节将古人细评，
> 醉时节就蓬窗将衾裯款挣，
> 任那鼻息鼜鼜唤不醒。

又像《嘲弟子省悟修道》【粉蝶儿】套的一段：

> 既得了黍珠般一粒丹,
> 急将来华池中满口吞。
> 这的是神仙自有神仙分,
> 那其间将你这折柳攀花的方证得本。

这种陈腐的套语,谬误的思想,实在不见得高明。我常这末想:在中国统制阶级的一般人,他一天到晚,心中常转的是两个念头。第一能够长寿,希望自己活上百岁。长寿还不够,因为终究有死的一天。所以第二便想到顶好有不死的办法。不死只有做神仙。有燉是统制阶级的一员,所以他的思想,很可以作为中国统制阶级之思想的代表。所以有燉这一类的作品,虽然是陈腐的、谬误的,但确是一篇"抓住时代"很重要的文字。至论到他的艺术较高的散曲,还是《闺情》一首较饶有风致:

> 湘裙睡损胭脂皱,
> 非病酒是悲秋。
> 自从他去了恹恹瘦,
> 瘦多应腹内愁,
> 愁翻起镜里羞,
> 羞说起神前咒,
> 本待要同效绸缪,

谁承望被他僝僽。
空想得病缠身,
恰盼得书在手,
不觉得泪盈眸。
去时说长安赴选,
这其间何处淹留。
火半温串香香,
门半掩灯上上,
帘半卷玉钩钩,
苍树沓暮云稠。
红叶落晚风飕飕,
凄凉光景甚时休。
岂料相思直恁陡,
悔教夫婿觅封侯。(【南宫·骂玉郎带感皇恩采茶歌】《闺情》)

此词凄凉哀怨,婉转有致,算是一篇好的作品。《诚斋乐府》中,其他调情之作,每都以妓女为对象,如【红绣鞋】《赠妓》:"性格儿玲珑剔透,心肠儿款款温柔。"这不啻"爵爷自道",很可以作为当时支配阶级的写真。有燉此外的妓女剧亦有数种(《刘盼春守志香囊怨》《李亚仙花酒曲江池》《美姻缘风月桃源景》《宣平巷刘全儿复落娼》《甄月娥春风庆朔堂》《兰红叶从良烟花梦》)。他的词:"花簇香钩浅浣尘,轻风微露石榴裙。金莲自是悭三寸,难载盈盈一段春。仙已去,事犹存,阳台何处更为云。相思携手游春日,尚带年时草露痕。"(【鹧鸪天】《红绣鞋》)也满渲染着颓废的享乐主义的彩色。

第六章
昆曲未流行前的豪放派

康海—王九思—李开先—常伦—王越—韩邦靖—韩邦奇—杨循吉—王守仁—冯惟敏

自汤舜民、朱有燉"豪丽两兼"一派之后,到弘治、正德间昆曲未起之前,北曲作家忽又像风起泉涌似的出来了不少,北散曲坛上顿时又呈显了蓬勃的气象。在这时的散曲坛上,豪放的,清丽的仍然远承元代马致远、张可久两派,分道扬镳,而各自集团地向外发展。康(海)、王(九思)、李(开先)、常(伦)……是承继了马致远的豪放一派,至冯惟敏而达于"大成"。陈(铎)、王(磐)、唐(寅)、张(炼)……是承继元张可久的清丽一派,至沈青门而极"灿烂"。这两派的人才济济,旗鼓相埒,分霸了南北散曲坛。兹先述康、王豪放一派。

康海[1](1475—1540)字德涵,号对山,武功人。他性孝

---

[1] 原注:康海见《明史》卷二百八十六《文苑》二。

友，亲族待而举火者不可胜数。弘治十五年（1502）状元及第，授翰林院修撰。他与李梦阳、何景明、徐祯卿、边贡、朱应登、顾璘、陈沂、郑善夫、王九思号"十才子"。互相倡和，訾议诸先达，忌者颇众。正德初，刘瑾乱政，以海同乡，慕其才，欲招致之，海不肯往。会李梦阳以代韩尚书草疏下狱。梦阳急书片纸语海曰："对山救我！"海曰："吾何惜一官，不救李死。"乃谒瑾，瑾大喜为倒屣应。海因设诡辞说之。瑾意解，明日释梦阳。后瑾失败，海坐瑾党落职为民，梦阳于时却不一援手，故他作《东郭先生误救中山狼》杂剧以讥梦阳（明清人如何元朗、朱竹垞、王阮亭皆云马中锡作）。观剧末有："俺只索含悲忍气，从今后见机莫痴。呀，把这负心的中山狼做傍州例。"悻悻之意，犹在字里行间。按《对山集》也有《读中山狼传》诗云："平生爱物未筹量，那记当年救此狼。"则此传为刺梦阳无疑了。他本是个豪放不羁的人才，经过这次的挫折，所以便益发放浪起来了。《蜗亭杂订》叙他坐废后的生活道：

> 康德涵既罢免，以山水声伎自娱，间作乐府小令，使二青衣歌以侑觞，游于四方。停骖命酒，自歌其曲。尝生日邀名伎百人为百年会。酒阑，各书小令一阕，命送诸王邸，曰："此差胜锦缠头也。"

又《四友斋丛说》云：

> 对山尝与伎女同跨一蹇驴，令从人赍琵琶自随，游行道中，傲然不屑。

《列朝诗集》也曾记道：

> 德涵既罢免，以山水声伎自娱……西登吴岳，北陟巏嵼，南访经台，东至太华、中条。停骖命酒，歌其所制感慨之词，飘飘然辄欲仙去。

从这些记载中都可以看出对山放逐后的生活来。"塞翁失马，焉知非福"，对山虽未能在政治上有所建树，但因为他尽情地"谈谦征歌，度曲自娱"，反因此成了明代有数的曲家，实开一代散曲的风气，这真是一件有趣的事情。涵德又善琵琶，《艺苑卮言》云：

> 德涵既罢官，居鄠杜。葛巾野服，自隐声酒。时有杨侍郎廷仪者，少师之弟，以使事过康，康故契分不薄，大喜，置酒至醉，自弹琵琶，唱新词为寿，杨徐谓："家兄恒相念君，但得一书，吾为道地史局。"语未毕，康大怒，骂："若伶人我耶？"手琵琶击之，胡床迸碎，杨踉跄走免，康遂入，口呲呲，更不相见。（焦循《剧说》卷三引）

这都是对山放逐后，愤懑不平、佯狂恣肆的反常的心理的表现。读他的："真个是不精不细丑行藏，怪不得没头没脑受灾殃。从今后花底朝朝醉，人间事事忘。""但把丹心自系牢，管甚么零煎细炒。""了不了生前债，教我心上黄连苦自捱，却似锁上门儿推不开。"愤懑之气，无可奈何，论者原其心而悲其意。他虽位至翰苑；但殁后家无长物，只腰鼓多至三百副；他这种为艺术而牺牲的精神，明一代能有几人呢！

他的散曲集有《沜东乐府》二卷（一卷小令，二卷套数），补遗一卷。[1]约存小令二百数十首，套数三十余首。因为作者身世和个性的关系，在他的《沜东乐府》中，大部分不出愤世与乐闲的两种，而其作风则都是豪放的。如：

> 数年前也放狂，
> 这几日全无况。
> 闲中件件思，
> 暗里般般量。
> 真个是不精不细丑行藏，
> 怪不得没头脑受灾殃。
> 从今后花底朝朝醉，
> 人间事事忘。

---

[1] 原注：《沜东乐府》有明嘉靖三年刊本，有《散曲丛刊》本。

刚方，
溪落了膪和滂。
荒唐，
周全了籍与康。(【雁儿落带得胜令】《饮中闲咏》)

又如：

二十年老将坛，
几百载兴亡叹。
途穷笑阮郎，
避盗悲王粲。(同上，《怀敬夫》)

像这些句子，都可看出他满肚子的牢骚所迸放出来的愤懑不平的呼声。他这一类粗豪自恣、独立冈头气概的作品，在他的集中俯拾即是。又如：

虽是穷，
煞英雄，
长啸一声天地空。
禄享千钟，
位至三公，
半霎过檐风。

> 马儿上才会峥嵘,
> 局儿里早被牢笼。
> 青山排户闼,
> 绿树绕垣墉。
> 风,
> 萧洒明月中。(【寨儿令】《漫兴》之三)

又如:

> 天应醉,
> 地岂迷,
> 青霄白日风雷厉。
> 昌时盛世奸谀蔽,
> 忠臣孝子难存立。
> 朱云未斩佞人头,
> 祢衡休使英雄气。(【寄生草】《读史有感》)

他的豪放一类的例子太多了:"披头跣足有余欢,吟风弄月情何倦。"他是这样的疏狂,这样的寄情于凄迷的风月之下。我们如果相信"艺术是生活的反映"的话,那末《沜东乐府》中当然是多豪放一类的曲了。至他闲适的例,如:

天空雾扫,
云淡雨散,
水涨波潮,
园林一带青如掉,
山水周遭。
点玉池新花乍小,
照丹霄晴日初高。
两件儿休支调,
鸡肥酒好,
宜醉浒西郊。(【满庭芳】《晴望》[1])

又如:

西溪问圃,
南山漫兴,
北海携壶。
无荣无辱闲人物,
趣远心疏。
旋打鱼呼童旋煮,
作成诗课子行书。

---

[1]【满庭芳】《晴望》 底本作"【满庭芳】《遣兴》",据《全明散曲》(P.1145)改。

醉了忘归路,
便便舞舞,
不怕执金吾。(【满庭芳】《沜东自饮作》)
南亩田,
北溪园,
荷锄带蓑心身便。
晚照晴原,
翠竹鸣泉,
随处尽堪怜。
喜山妻酿酒能甜,
爱痴儿诵曲成篇。
也不须红袖舞,
也不索大官筵。
仙,
快乐任年年。(【寨儿令】《漫兴》)

以上所论,乃对山《沜东乐府》内"愤世"与"乐闲"两种曲子。兹更论对山在明代散曲坛上的地位。任中敏对对山曾有这样的论调,他说:"《沜东乐府》用本色为豪放,摆脱明初阘茸之习,力为振拔,有功于明代散曲之作风不少。惟贪多务博,殊欠剪裁,是其一失。用俗之处,往往为俗所累,元人衣钵,未尽真传,是其二失。其中极热极怨,而表面以解脱之语盖之,其志趣并非真正恬淡，根本有异于元贤，是其三失。此三失虽不必独集康氏一身，而康氏实启此派之咎；王九思、李开先辈应分任其咎者也。"（《散曲概论》卷二）任氏这种评论，颇能洞中肯綮。至如明王世贞、王伯良的"康王优劣论"，乃"骈拇指枝"矣。

王九思[1]（1468—1551）字敬夫，号渼陂，鄠人。弘治九年（1496）进士，由庶吉士授检讨，寻调吏部郎中。刘瑾败，他与康海同为瑾党，谪寿州同知。继复被论勒致仕。他与康海同里同官，同以瑾党废，每相聚沜东鄠、杜间，挟声伎酣饮，制乐造歌曲，自比俳优，以寄其怫郁。他的杂剧有《杜子美沽酒游春》，据说敬夫作此剧是讥当时宰相李西涯的。《蜗亭杂录》曾叙此事道：

长沙（李西涯）当国时，王九思以少年屏斥，永锢不用，无所发怒，作《杜甫游春》杂剧，力诋西涯，流传关陇，群相附和。嘉靖初纂修实录，议起用九思，有言于朝曰："《游春记》李林甫固指李西涯，杨国忠得非石斋，贾婆婆得非南坞耶。"吏部闻之，缩舌而止。

于是敬夫遂从此不复登政治舞台，便与康对山谈谦、征

---

[1] 原注：王九思见《明史》卷二百八十六《文苑》二。

歌、度曲以终其身了。他在当时亦有诗名，与李梦阳、何景明、康海、徐祯卿、边贡、王廷相称"七才子"。他又能词，有《渼陂集》《续集》十九卷。他的《蝶恋花·夏日》一阕，可以看出他清闲的生活来：

> 门外长槐窗外竹，
> 槐竹阴森，
> 绕屋重重绿。
> 人在绿阴深处宿，
> 午风枕簟凉如沐。
> 树底辘轳声断续，
> 短梦惊回，
> 石鼎茶方熟。
> 笑对碧山歌一曲，
> 红尘不到人间屋。

他的散曲有《碧山乐府》一卷，《碧山拾遗》一卷，《碧山续稿》一卷，[1]约存小令百数十首，套数十余首。《四库全书总目》曾评《碧山乐府》道：

---

[1] 原注：《碧山乐府》有明嘉靖十二年刊本。

九思酷好音律，尝倾赀购乐工，学琵琶，得其神解。是编所选，大半依弦索越调而代犯之，合拍颇善。又明人小令，多以艳丽擅长，九思独叙事抒情，宛转妥协，不失元人遗意。其于填曲之四声，杂以衬字，不失尺寸，可谓声音文字，兼擅其胜。

王世贞也甚重九思曲。他说："其秀丽雄爽，康大不如也。评者以为敬夫声价，不在关汉卿、马东篱下。"（《艺苑卮言》）实则九思之曲，松懈者多，精整者少，粗豪者多，清逸者少。既无汉卿的清丽，复惭东篱的豪逸。但充其量亦不过马九皋、张养浩之流，元美之评，勿乃过情之论！试看他的：

  一拳打脱凤凰笼，
  两脚蹬开虎豹丛，
  单身撞出麒麟洞。
  望东华人乱拥，
  紫罗襕老尽英雄。
  参详破邯郸一梦，
  叹息杀商山四翁，
  思量起华岳三峰。（【水仙子带折桂令】）

像敬夫此类词，骤看之未尝不气势浩荡、虎虎有生气，但立刻便显出他是"有意做作"了。一起三语,王世贞虽然说是敬夫的"雄爽"处,但元人的豪放,并不是"一拳打脱,两脚蹬开"一类粗犷之语所能尽。研究元明散曲者,更应当于此等处加之意。至他的套数中的:

> 暗想东华,
> 五夜清霜寒驻马。
> 寻思别驾,
> 一天风雪晓排衙。
> 路危常与虎狼狎,
> 命乖却被儿曹骂。
> 到如今谁管咱,
> 葫芦一任闲玩耍。(【新水令】《归兴》的【驻马听】)

又如:

> 露赤脚山巅水涯,
> 科白头柳堰桃峡。
> 戴甚么折角巾,
> 结甚么狂生袜,
> 得清闲不说荣华。
> 提起封侯几万家,

把一个薄福的先生笑煞。(《归兴》的【沉醉东风】)

这首散套王世贞曾许为"轩爽"之作,但也不过是"貌为豪放,自夸恬退"而已。这并不是他的上乘文字。倒是像:

紫泥封不要淡文章,

白糯酒偏要小肚肠,

碧山翁有甚高名望?

也只是乐升平不妄想。

听濯缨一曲沧浪,

瞻北阙心还壮,

对南山兴转狂,

地久天长。(【水仙子】)

这曲恬静闲雅,如张可久的"淡文章不到紫薇[1]郎"一首,堪称《碧山集》最高的曲子。"自有高名垂后世,碧山岂是淡文章。"(卢冀野《论曲绝句》)这倒是他的代表作了。

李开先[2](1501—1568)字伯华,号中麓,章邱人。嘉靖己丑(1529)进士,除户部主事,改吏部,历员外郎中,擢太

---

[1] 薇　底本作"微",据《全元散曲》(P.857)改。
[2] 原注:李开先见《明史》卷二百八十七《文苑》三。又见《济南府志》卷四十九《人物》五。

常寺少卿,提督四夷馆,年四十罢归。他与王慎中、唐顺之、熊过、陈东、任瀚、赵时春、吕高诸人,号称"嘉靖八才子"。然他不甚争时名,独孜孜于当时不甚争时名的词曲之业。他有《中麓闲居集》十二卷。他的戏曲有《园林午梦》(杂剧)《宝剑记》《断发记》(传奇),更有《词谑》及《巧对》等通俗读物。他喜藏书,甲于齐东,而词曲尤为最富,有"词山曲海"之称。他尝有诗云:"岂但三车富,还过万卷余。"又云:"借钞先馆阁,博览及瞿昙。"《海岳灵秀集》尝论他道:

中麓积书好客,豪宕不羁,著作甚富,如貔貅纵横,江海泛滥,一韵百篇,盖白乐天之流也。

他与康海、王九思亦甚交好,与九思尤善,并有《南曲次韵》的唱和,这时九思大约是七八十的老人了。钱谦益的《列朝诗集》说:

伯华弱冠登朝,奉使银夏,访康德涵、王敬夫于武功、鄠、杜之间,赋诗度曲,引满称寿,二公恨相见晚也。罢归,置田产,蓄声妓,征歌度曲。为新声小令,挡弹放歌,自谓马东篱、张小山无以过也。为文一篇辄万言,诗一韵辄百首,不循格律,诙谐调笑,信手放笔。所著词多于文,文多于诗。又改定元人传奇、乐府数百卷。搜集市井艳词、诗禅对联之属。多流俗璅碎，士大夫所不道者。尝谓古来才士，不得乘时枋用，非以乐事系其心，往往发狂病死，今借此以坐销岁月，暗老豪杰耳。

他的散曲有《中麓乐府》《中麓小令》及与王九思唱和之《南曲次韵》一卷[1]，但这些书今都不能全看到。惟就他现在所存的曲看来，也是很豪放的。如：

  雨丝丝，
  冲风跃马欲何之？
  闲游正喜风吹袂，
  况有雨催诗。
  休图云里栽红杏，
  好向山中觅紫芝。
  磨而不磷，
  涅而不缁，
  得随时处且随时。(【傍妆台】)

又如：

---

[1] 原注：《南曲次韵》有嘉靖三十年刊本。

曲参参,
一轮残月照边关。
恨来口吸尽黄河水,
拳打碎贺兰山。
铁衣披雪浑身湿,
宝剑飞霜扑面寒。
驱兵去,
破虏还,
得偷闲处且偷闲。(【傍妆台】)

此词慷慨奋发,其腾跳奔放的情绪,正是康、王的同调。这在李曲中总算是他的最好篇什。李氏诸曲,现都不存,我们所看到的,只有【傍妆台】百阕了。王九思《碧山乐府》后附《南曲次韵》,即李氏撰【傍妆台】百阕。王氏序谓:"李作感愤激烈,有正有谑,洋洋盈耳。"实则李曲除"雨丝丝""曲参参"[1]数首外,多乏剪裁,冗长拖沓。所以明王世贞、王伯良对之都有贬词。"只他百阕妆台句,参半瑕瑜没主张。"(卢冀野论李曲语)倒是公允之言。

常伦(1492—1525)字明卿,号楼居,沁水人。正德辛未(1511)进士,除大理寺评事,嘉靖时,以忤上官谪寿州州判,

---

[1] 曲参参 《李开先全集》(P.1455)作"曲弯弯"。

迁知宁羌州，寻罢官归。明卿多力善射，好酒使气，他自己也曾自道：

> 少好游侠，谈兵击剑，有古豪士风。甫弱冠则折节读书，好治百家言，尤邃黄老。（《楼居先生传赞》）

他的性格是那末样一位疏狂的人。他自罢官后，益纵酒自放，居恒从歌伎，酒间变新声，悲凄艳丽，称其为人，尝省墓，饮大醉，衣红，腰双刀，驰马尘绝，马渴赴饮，顾见水中影，惊蹶坠水，刃出于腹，溃肠死，年仅三十有四。他的散曲有《常评事写情集》二卷[1]，附嘉靖刊本《常评事集》后。约存小令百数十首，套数九首。《四库总目·常评事集》下，曾有这样的评论：

> 王世贞谓其诗如沙苑儿驹，骄嘶自赏，未谙步骤。陈子龙则谓其气骨高朗，颇能自运。今观是编，合二人之论，乃为定评。国朝王士祯《分甘余话》云：明诗人有早慧而年不得四十者，如陈后冈、董中锋与明卿之属，汗血方新，而筋骨未就，秀而不实，殊可惜也。

---

[1] 原注：《常评事写情集》附嘉靖刊本《常评事集》后。

他的作品因为作者的性格和嗜好的关系，作风多属于豪放的，诗如此，散曲也然，即他的文赋也何尝不如此。我们先看他的一首诗，再来专论他的散曲。

羁步局重城，
流观狭四野，
高高见西山，
乡愁冀倾写。
天际望不极，
延伫一潇洒。
落叶归故根，
山云满楸槚。
无情尚有适，
何以慰离者。（《望山有怀故人》）

这首诗还不算豪逸吗？"流观狭四野"，明卿是怎样一位胸襟洒落的人，这种豪逸的作风，在他的散曲中更易看得出来。如：

闷葫芦一摔一个碎，
臭皮囊一挫一个蝉蜕，
鸦儿守定兔寨中睡。

曲江边混一回，
鹊桥边撞一回，
来来往往无酒也三分醉。
空攒下个铜斗儿家缘也，
单买那明珠大似椎。
恢恢，
试问青天我是谁，
飞飞，
上的青霄咱让谁。(【山坡羊】第四首)

又如：

知音就是知心，
何拘朝市山林，
去住一身谁禁。
杖藜一任，
相思便去相寻。(【天净沙】)

像这些曲子都是豪放恣肆之作；亦愤慨，亦解脱；若颠若狂，的是明卿一生行径。王世贞谓"虽词气豪逸，亦未当家"，不是公允之论。他的散曲，除了这类豪放的例子，尤喜言超人世的神仙。如：

> 寻寻寻偃月炉,
>
> 降降降袖里青蛇胆气粗。
>
> 将将将十月婴孩,
>
> 下下下千重土。
>
> ……
>
> 笑从前奔走红尘路,
>
> 被些娘名利胡耽误,
>
> 罢罢罢归去也旧蓬壶。(《回首蓬壶》的【古水仙子】)

这一类言神仙的作品,在他的集中除二三曲外,多不见怎样的出色。倒是豪放一类的曲子,有许多佳构。总之,明卿是一位有才情的少年,然而生不逢时,反为世所诟病。"造物忌才",遂使他走上了与康海、王九思的一条路:"直率的疏放,尽情的享乐。"看他"平生好肥马轻裘,老也疏狂,死也风流,不离金尊,常携红袖"(【折桂令】),他是那末大胆地绝叫着刹那的享乐主义。

王越[1](1423—1498)字世昌,滨县人。景泰辛未(1451)进士。天顺中官右副都御史,巡抚大同,进兵部尚书。论出塞功封威宁伯,寻加少保,赠太傅,谥襄敏。他有《云山老懒集》四卷(词附)。他在当时是一位政治家,而兼文学家。他的性

---

[1] 原注:王越见《明史》卷一百七十,《明词综》卷二。

情《明史》曾有这样一段故事：

> 性故豪纵，尝西行谒秦王，王开筵奏妓，越语王："下官为王吠犬久矣，宁无以相酬者。"因尽乞其妓女以归。一夕大雪，方围炉饮，诸妓拥琵琶侍，一小校词敌还，陈敌情未竟，越大喜，酌金卮饮之，命弹琵琶侑酒，即以金卮赐之。语毕益喜，指妓绝丽者目之曰："若得此何如？"校惶恐谢。越大笑，立予之。

他是那末样的豪纵，所以他的诗词也是豪放的。诗如："发为胡笳吹作雪，心因烽火炼成丹。"极感慨悲凉之至。他的词也然。像：

> 远水接天浮，
> 渺渺扁舟。
> 去时花雨送春愁，
> 今日归来黄叶闹，
> 又是深秋。
> 聚散两悠悠，
> 白了人头。
> 片帆飞影下中流，
> 载得古今多少恨，

都付沙鸥。(【浪淘沙】)

他的散曲虽流传不多,但就这少数的作品看,可知他的作风也是康王的同调——"粗豪震荡如其人"。像:

万古千秋,
一场闲话,
说英雄都是假。
你就笑我剌麻,
你休说我哈沓,
我做个没用的神仙吧。(【朝天子】)

在当时以"名公巨卿"而写作散曲者,除王越外,"北调如李空同、王浚川、何粹夫、何太华、许少华、韩苑洛,俱有乐府而未之尽见"(王世贞语)。《尧山堂外纪》又载有林粹夫《醉中戏作》云:"胜水名山和我好,每日家相玩笑。人情下苑花,世事襄阳炮,霎时间虚飘飘都过了。"(【清江引】)粹夫名廷玉,号南涧,侯官人。

韩邦靖[1](1488—1523)字汝度,号五泉,朝邑人。年十四举于乡,正德戊辰(1508)进士。除工部员外,以直言系锦衣

---

[1] 原注:韩邦靖、邦奇见《明史》卷二百一。

狱，夺官。世宗即位，起山西右参政，分守大同。岁饥，人相食，奏请发帑不许，复抗疏千余言不报，乞归，不待命辄行，军民遮道泣留，抵家病卒，年三十六。有《韩五泉集》二卷，附录二卷。弟邦奇（1497—1555）字汝节，号苑洛，并以曲名。他们所作并见《尧山堂外纪》卷九十。《四库总目》尝评五泉诗集云：

邦靖兄弟负重名，时有"关中二韩"之目，而诗则不出当日之风气。王九思云："五泉子七言绝句诗，绝类少陵古歌词，浸淫唐初，逼汉魏矣。"标榜之词，未免溢美。朱彝尊《静志居诗话》云："五泉心摹手追乃在大复，比于西原、南冷不足，方之孟有涯、李嵩渚似胜一筹。"斯为平允之论矣。

五泉的曲，今所传不多，然就他现存的诸曲看，他的作风，也不出"乐闲"与"豪放"，正是康、王的同调。如：

肯排山南山北偃，
肯到海东海西翻。
我如今心儿里不紧，
意儿里有些懒。
如今一个个平步上青天，
一个个日日近龙颜。

> 青山绿水,
> 且让我闲游玩。
> 明月清风,
> 你要忙时我要闲。
> 严潭,
> 你会钓鱼,
> 谁不会把竿。
> 陈抟,
> 你会睡时谁不会眠。(【山坡羊】《书驿壁》)

像这种"乐闲"与"豪放"的情调,也大概是无可奈何、故作恬淡罢!他的弟弟苑洛,尝作邦靖行状,末云"恨无才如司马子长、关汉卿者以传其行",以汉卿比肩子长,苑洛盖也醉心于曲者。

杨循吉[1](1456—1544)字君谦,吴县人。性好山水,居于南峰,因自号南峰山人。成化二十年(1484)进士,授礼部主事。善病好读书,每得意,手足踔掉不能自禁,用是得"颠主事"名。弘治初,奏乞改教不许,遂请致仕归,年才三十有一。结庐支硎山下,课读经史,旁通内典。他性狷隘,好持人短长,又好以学问穷人,致颇赤不顾。武宗驻跸南都,因伶人

---

[1] 原注:杨循吉见《明史》卷二百八十六《文苑》二,《明词综》卷二。

臧贤召赋《打虎曲》称旨，易武人装，日侍御前为乐府小令，帝以俳优蓄之，不授官。他以为耻，阅九月辞归。他晚岁落寞，益坚癖自好。尚书顾璘道吴，以币赀促膝论文欢甚，俄郡守邀璘，璘将赴之，他忽变色，驱之出，掷还其币，明日璘往谢，闭门不纳。卒年八十九岁。他的诗文，有《松筹堂集》及《南峰逸稿》。他性最嗜书，所藏十余万卷。既老，散书于亲故，云："令荡子爨妇无复着手。"他有《题书橱诗》云：

  自我始为士，
  家无一简编，
  辛勤二十载，
  购求心颇专。
  ……
  经史及子集，
  一一义贯穿。
  当怒读则喜，
  当病读则痊。
  恃此用为命，
  纵横堆满前。

又《抄书诗》云：

> 沉疾已在躬,
> 嗜书犹不废。
> 每闻有奇籍,
> 多方必罗致。
> 手录兼贸人,
> 恒辍衣食费。
> 往来绕案行,
> 点书劳指视。
> 成编亦艰难,
> 把玩自珍贵。

这些都可见他褊狭的心情、奇特的嗜好,"文艺是生活的反映",所以他的作品都满渲染着很浓厚的颓废的色彩。纪昀说他"任诞不羁,故其词往往近俳"(《四库总目·别集类》),倒是很对的。他罢官归,尝作曲云:

> 归来重想旧生涯,
> 潇洒柴桑处士家。
> 草庵儿不用高和大,
> 会清标岂在繁华。
> 纸糊窗,
> 柏木榻,

挂一幅单条画，
借一枝得意花。
自烧香，
童子煎茶。(【水仙子】)

又如：

百岁霎时过，
不饮待如何？
枉自将春蹉，
桃花笑人空数朵。(【对玉环带清江引】《遣怀》)

　　这种刹那的享乐主义的论调，在明代一般失意的士大夫阶级中是普遍的现象。他们虽貌为恬淡，其实是不能安于寂寞的。
　　王守仁[1]（1472—1528）字伯安，余姚人。母娠十四月而生，祖母梦神人自云中送儿，因名云。五岁不能言，异人拊之，更名守仁，乃言。十五岁访客居庸、山海关，时阑出塞，纵观山川形势，学大进。好谈兵，善射。登弘治十二年（1499）进士，授刑部主事。正德初以论救言官戴铣等忤刘瑾，杖阙下，谪贵州龙场驿丞。龙场万山丛薄，苗獠杂居，因俗化导，夷人喜相

---

[1] 原注：王守仁见《明史》卷一百九十五。

率。瑾诛，移庐陵知县。累擢右佥都御史，巡抚南赣，平大帽山诸贼，定宸濠之乱。世宗时封新建伯，总督两广，破断藤峡贼。明世文臣用兵没有及他的。卒谥文成。他在明代确是位特出的人。他的古文和诗都占着第一流的地位。他颇不欲以文人自居，他尝说："学如韩柳，不过文人，辞如李杜，不过诗人。惟志心性之学，以颜闵为期者，乃人间第一等德业也。"然而，他的诗文是可以自成一家的。他的散曲的作风是豪放的。像《南宫词纪》所载的一篇《归隐》(【双调·步步娇】套)，却是那样不平常的、赤裸裸的谩骂。

　　　　乱纷纷鸦鸣鹊噪，
　　　　恶狠狠豺狼当道。
　　　　冗费竭民膏，
　　　　怎忍见人离散！
　　　　举疾首蹙额相告。
　　　　簪笏满朝，
　　　　干戈载道，
　　　　等闲间把山河动摇。(《归隐》的【沉醉东风】)

他为了愤懑而退隐，却即退隐了，也还是满怀的不忍人之心，这绝不是康(海)、王(九思)一流的貌为恬退而实则是热中的。如：

脱下了团花战袍,
解下了龙泉宝刀,
卸下了朝簪乌帽,
布袍上系麻绦,
把渔鼓简儿敲。(《归隐》的【园林好】)

他归隐之后,看他过的怎样一种生活:

深山坳,
悄没个闲人来聒噪。
跨青溪独木桥,
小小的茅庵盖着。
种青松与碧桃,
采山花与药苗。(《归隐》的【川拨棹】)
赏春时花藤小桥,
纳凉时红莲短棹,
稻登场鸡豚蟹螯,
雪霜寒纯绵布袍。
四时佳景恣欢笑,
也强如玉扇番营,
玉佩趋朝。
溪堪钓,

山可樵，

人间自有蓬莱岛。

何须用，

何须用，

楼船彩轿。

山林下，

山林下，

尽可逍遥。（《归隐》的【浆水令】）

这都可以看出阳明先生清高的人格来。

冯惟敏（1511—约1580）字汝行，号海浮，临朐人。嘉靖十六年（1537）举人。他与兄惟健、惟讷，少即以诗文名齐鲁间。嘉靖壬戌（1562）官涞水知县，这是他第一次的登政治舞台。他的散套【正宫·端正好】《邑斋初度自述》曾有小序道：

余始试邑于涞，重以禄不逮亲为憾。不携家累，只一童自随。杪[1]秋初度，壶浆奠献之余，举觞致语，自祝心切，感慕不释，命笔填词，至三煞，潸然泪下不可止。童窃觇之，后传于山中，只谓思乡然耳。

---

[1] 杪　底本作"秒"，据文意酌改。

这年早春,他又与《唾窗绒》的著者沈青门相晤于济垣(【新水令】《访沈青门乞画》)。后三年嘉靖乙丑(1565)解涞水县事,自以"陈简不堪临民,文雅独足训士"(【点绛唇】《改官谢恩》序语),遂摄镇江教事。曾有这样的语:

> 钦承明诏,
> 县郎新改郡文学,
> 千程万里,
> 仕路千条。
> 常言道今日不知明日事,
> 俺怎肯这山望见那山高。
> 脱离了簿书期会,
> 穰穰劳劳。
> 乐得些英才教育,
> 摆摆摇摇。
> 再休提徒流笞杖,
> 闹闹抄抄。
> 单守着诗书礼乐,
> 寂寂寥寥。(《改官谢恩》的【混江龙】)

这岂是康、王的故作恬退呢。后二年,穆宗隆庆丁卯(1567)应滇闱之聘,但旋复归镇江。隆庆己巳(1569)改任保定通判,这时他已是将近六十的老人了。他有【点绛唇】《郡厅自寿》小序云：

> 己巳菊月，余至保定。越半年矣，每念桑梓在东齐，而余又西来。余弟治江南，而侄领北县，或远或近，均莫之聚也。

隆庆辛未（1571）他量移东归，擢鲁士师（《海浮集》有《辛未量移东归》四首）。又他的散套【仙吕·点绛唇】《量移东归述喜》小序：

> 是年春，余弟得旨东归，余是以有雄州之会，相将同隐南山中，弟不可，曰："不告而去非礼也。"余曰："告则不得去，余既屡告之矣，乞不得请，奈何！"弟曰："姑徐之，或有擢也。"至是，擢鲁士师，遂行。

他隆庆壬申（1572）便归田不仕，癸酉（1573）作【集贤宾】《归田自寿》，他已是六十三岁的老翁了。海浮虽然做了十年官，但他并不得志，尤其他在保定通判任，贫病交迫，时有"秋风莼鲈"之思。加以位卑人轻，而上司又是那末样的作威作福，他这时真是苦恼极了。他的散套【中吕·粉蝶儿】《辞县署印》曾有这样的序：

郡斋后室,病卧暖榻,蘧然午梦未足。方在山中,旷若无营也。忽喧传郡丞陈大夫到厅上,声势甚厉,余谢不任倒屣之罪,呼儿出捧茗碗授之,将命者反命云,善视印在也。股木强,肌鸡肤,栗栗若风雨之骤至,儿问余寒乎?亟析薪,嘘燃之,纳榻底,余乃喜,附暖熟眠,暮而醒,竟不问印所在,徐听无人声,印出矣。

海浮本是一位志气豪迈的人,他怎忍受这样的熬煎:"唬的我魄散在云端,魂飞在天外。"他在势力场中随波沉溺,可怜已极;于是他不得不效陶渊明"归去来"了。他的【朝元歌】《述怀》叙他归田后的生活道:

到处里追欢行乐,
山童歌舞着,
拍手笑呵呵。
帽插岩花,
酒斟江糯,
慢把风骚酬和。
信口开河,
新诗小词积渐多。
乌兔走如飞,
都将今古磨。

> 随缘且过,
> 权当做东山高卧。(《述怀》之三)
> 也不管花开花落。
> 年年一短蓑,
> ……
> 烟村几家趁碧波,
> 喜听采莲歌,
> 山花赛绮罗。(《述怀》之四)

陈田的《明诗纪事》里曾记载海浮居处的胜概:

> 海浮山在临朐县南二十五里,石青色,无寸土,上有古松数百株,下野生迎春,花时望若金。岭下即海浮先生别业,危楼三楹,额曰"凭襟",取《水经》郦注语也。左右古木千章,修竹数十亩,干霄蔽日,夏不知暑。旧署杜句为联云:"名园依绿水,野竹上青霄。"可谓切矣。北临冶源,一名熏冶水,发源山之西麓冶官祠下,汇为巨浸,大百顷,渊深渟泓,游鳞可数,中产鲫鱼最美,客至主人举网为脍。

他著有《海浮山堂词稿》[1]四卷(一卷套曲,二卷《归田》小令,三卷《击节余音》小令,四卷附录套曲)。共存套数五十首左右,小令几四百首。他又有《玉殿传胪》杂剧及《僧尼共犯》传奇。他的散曲最有生气,最有魄力,为明曲中仅有的豪放作家。如以词为喻,他颇似词中的辛弃疾。康、王之作,虽然也是号称豪放派的行家,但他们的曲,多少带些做作,愤世乐闲,貌为恬退,实则他们并不安心寂寞的。海浮则不然,他的曲也怨愤,也乐闲,但怨愤索性将全部怨愤痛快地说出来。即乐闲也是由于衷心之语;且其才情之横溢,笔锋之犀利,无往而不见其豪迈之气。例如:

  论形容合不着公卿相,
  看丰标也没个挡搜样,
  量衙门又省了交盘账,
  告尊官便准俺归休状。
  广开方便门,
  大展包容量,
  换春衣直走到东山上。(【塞鸿秋】《乞休》)

这首曲也豪辣,也闲静,又毫无"一拳打脱,两脚蹬开"

---

[1] 原注:《海浮山堂词稿》有嘉靖四十五年刊本,有《散曲丛刊》本。

的乖张粗犷之气，且结语"换春衣直走到东山上"一句紧得刚好，有风起云从、水流花逐之妙。又如：

> 邀的是试春游张曲江，
> 访的是耽病酒陶元亮，
> 行的是快吟诗唐翰林，
> 坐的是会射策江都相。
> 呀！
> 这的是白云明月谢家庄，
> 抵多少秋风野草镇边堂。
> 你只待平开了西土标名字，
> 俺只待高卧在东山入醉乡。
> 周郎，
> 耳听着六律情偏畅。
> 冯唐，
> 身历了三朝老更狂。(【雁儿落带得胜令】《谢友枉驾》)

像以上两首，都可看出冯曲豪放的作风。至他的"闲适"一类的曲，像：

> 每日价，
> 竹边，

水边，
任盘桓。
对芳樽数传娇莺劝，
插纶巾一朵野花鲜，
采瑶芝几个幽人伴。(【新水令】《忆弟在秦州》的【七弟兄】)
茅檐燕叠合，
柳色莺穿破，
问山妻新投浊酒如何？
疏篱半缺游丝过，
片月斜沉花影拖。
新来瘦诗魔酒魔，
俺只待乐陶陶不离懒云窝。(【玉芙蓉】《山居杂咏》)
疏懒闲挂羽扇纶巾，
北窗高卧常蓬鬓，
洞口寻云不抱琴，
盘桓处松阴竹阴。(《山居杂咏》)

冯海浮曲于豪放闲适之中而寓滑稽，别有风趣的，如【河西六娘子】《笑园六咏》：

问道先生笑什么？

笑的我一仰一合,
时人不识余心乐。
呀,
两脚跳梭梭,
拍手笑呵呵,
风月无边好快活。

以劝诫为主的作品,往往流于陈腐或板滞,如昔人《诫子诗》之类。《海浮集》中有【醉太平】《家训》两首,生动警切,了无可厌的道学气,这是海浮的"创作"。如:

劝哥哥休歹,
把两眼睁开,
一还一报一齐来?
见如今天矮。
人人心地藏毒害,
家家事业多成败,
时时局面有兴衰,
到头来怎解?(【醉太平】)
劝哥哥学好,
休舍命贪饕,
聪明伶俐莫心高,

> 只随缘便了。
> 抹了脸遮不尽旁人笑，
> 肿了手拿不尽他人钞，
> 放倒身吃不尽小人敲，
> 怎回头自保。(【醉太平】)

至海浮写情之作，在集中也不少佳作。如：

> 冤家心变，
> 这些时谁家鬼缠，
> 打听的有个真实，
> 我和他两命难全！
> 神灵鉴察誓盟言，
> 不叫冤家只叫天。(【玉抱肚】)

用本色语写来，也非常真挚。至蕴藉的例，如：

> 月缺重门静，
> 更残五夜永，
> 手托芙蓉面，
> 背立梧桐影。
> 瘦损伶仃，

> 越端相越孤另。
> 抽身转入,
> 转入房栊冷。
> 又一个画影图形,
> 半明不灭灯。
> 灯,
> 花烛杳无凭,
> 一似灵鹊儿虚嚣,
> 喜蛛儿不志诚。(【月儿高】《闺情》)

又如:

> 想像仙姿,
> 秋水芙蓉第一枝。
> 天然标格,
> 改样风流,
> 分外清奇。
> 腰肢轻袅海棠丝,
> 鬏鬏半軃秋蝉翅。
> 花开风乱吹,
> 花落春又归,
> 揾不住看花泪。

嗏,
何处睹仙姿?
自伤悲,
尽日忘餐,
长夜难成寐,
一日相思十二时。(【倚马待风云】《悼琴仙》)

像这首曲的"花开风乱吹"三句,何等凄惋,放在南词柔蒨一派中,也是当行。沈德潜论苏东坡诗,谓胸有洪炉,金银铅锡,皆归其镕铸,这段话很可拿来批评冯曲。"云庄疏放海翁豪,鲁国词人气骨高。"(卢冀野《论曲绝句》)向来论曲者都是只赏海浮的"豪迈",但我们看【月儿高】【倚马待风云】诸曲,情调宛转,风流蕴藉,确能传元人张可久一派敷粉作色、勾勒点染之秘,孰谓海浮只解作豪语耶!

第七章
昆曲未流行前的清丽派

王磐 — 王田 — 金銮 — 杨廷和 — 杨慎夫妇 — 唐寅 — 祝允明 — 陈铎 — 陈所闻 — 夏言 — 沈仕

在昆曲未起来以前的散曲坛上,是为康(海)、王(九思)、冯(惟敏)的豪放派,和王(磐)、金(銮)、沈(仕)的清丽派所霸占着。关于豪放的一派,在上章已详细论述过,兹专论清丽一派。在这一派之中,以王、金的笔墨最为整饬。张炼虽然是康对山的外甥,但他的《双溪乐府》的作风却不类康而似王、金,这倒很似宋词中的秦观,虽为苏门学士,而其作风却不类苏轼而类柳永了。杨慎夫妇之曲,其合处有王、金之精,而冗杂亦复如康、王;唐寅、祝允明之曲,显露着超越的天才。二陈文学最为相近,故合叙于此。至沈青门,清丽之中而又以香奁体著闻,是又别树一帜矣。

在昆腔未流行之前而能承继元张可久一派的当推王磐。他字鸿渐,号西楼,高邮人。他的生卒年代虽然不能确定,但据蒋一葵《尧山堂外纪》说，他与成化进士储柴墟、庄定山友善；又正德间阉寺当权，往来河下无虚日，他作【朝天子】《咏喇叭》一首以嘲之。可知他是十四世纪后半及十五世纪前半间的作家了。又据康熙《扬州府志》云：

  嘉靖初，李梦阳就医京口，故自矜重，元夕饮杨文襄一清宅，磐短衣下坐，梦阳傲不为礼，磐分赋得《老人灯》，口占云："形骸憔悴不堪描，还自心头火未消。自分不知年老大，也随儿女闹元宵。"梦阳心知其嘲，嘿然而罢。

按李梦阳生于成化八年（1472），弘治六年（1493）举进士，嘉靖八年（1528）卒，共活五十七岁。嘉靖初年，梦阳不过五十岁，这时王磐已自称为老人，讥梦阳为"儿女"，那末他这时大约是六七十岁的老人了。关于王磐的事迹及他的生活，《尧山堂外纪》《扬州府志》，张守中的《王西楼乐府序》，均有较详的记载。

  往时外翁西楼先生，所著乐府……翁生富室，独厌绮丽之习，雅好古文词，家于城西，有楼三楹。日与名流谭咏其间，风生泉涌，听者心醉……既而艺日精，家益窘，翁怡然不以为意，逍遥乎宇宙，徜徉乎山水，出其金石之声，寄兴于烟云水月之外，洋洋焉不知老之将至。此其襟度有过人者,故所作冲融旷达,类其人也……嘉靖辛亥重阳日不肖甥张守中顿首拜书。

万历《扬州府志》也记着他的生活道:

> 王磐字鸿渐,高邮人。有隽才,好读书,洒落不凡,恶诸生之拘挛,弃之,纵情山水诗画间。尤善音律,度曲清洒。每风月佳胜,则竹丝觞咏,彻夜忘倦。性好楼居,构楼于城西僻地,坐卧其中,幅巾藜杖,飘然若神仙,一时名重,海内多愿与纳交。

他有《西楼乐府》一卷[1],存小令六十五首,套数九首。他的曲以清丽胜,颇能融会元人乔、张二家之长,写怀咏物,讽刺俳谐,俱称能手。他在弘治、正德间,是被推为词人之冠的。兹先看他的"写怀"例子。如:

> 画船儿满载诗豪,
> 问先生何处游遨?
> 水晶宫中闻品箫,
> 广寒乡尽回头棹。

---

[1] 原注:《西楼乐府》有明嘉靖三十年刊本,有《散曲丛刊》本。

> 分付鱼龙稳睡着,
> 等闲间休放波涛。
> 老夫今夜放风骚,
> 搜诗料,
> 翻动水云巢。
> 一天星斗都颠倒,
> 爱银蟾水底光摇。
> 我这里用手捞,
> 不觉的翻身落,
> 也是俺形神俱妙,
> 飞上紫金鳌。(【正宫·脱布衫过小梁州】《秋夜同陆秋水湖上泛舟》)

昔涵虚评元人费唐臣词说"放则惊涛拍天,敛则山河倒影",谓其兼雄健清丽之长。像西楼此曲,虽未为"山河倒影",得毋"惊涛拍天"耶? 至西楼咏物的,如:

> 庄子梦轻轻按醒,
> 谢公诗句句敲成。
> 窜断的燕舞娇,
> 供亲的莺歌应,
> 俏知音千载韩凭,

独占了梨园板色名,
难怪那滕王阁图形画影。(【沉醉东风】《蝶拍》)

又如:

温泉起来权护体,
带湿云拖地。
翻嫌月色明,
偷向花阴立,
俏东风有心轻揭起。(【清江引】《浴裙》)

这都是咏物的例。王骥德《曲律》论咏物云:"小令北调,王西楼最佳,如咏浴裙、睡鞋等曲,首首尖新。"可见西楼咏物之工了。

至他讽刺的,如《尧山堂外纪》所记,正德间阉寺当权,往来河下无虚日,每到辄吹号头,齐丁夫,民不堪命。西楼乃作《咏喇叭》以嘲之:

喇叭,
唢呐,
曲儿小腔儿大,
官船来往乱如麻,

全仗你抬声价。
军听了军愁,
民听了民怕。
那里去辨甚么真共假?
眼见的吹翻了这家,
吹伤了那家。
只吹的水尽鹅飞罢。(【朝天子】)

至他俳谐的例,如:

平生淡薄,
鸡儿不见,
童子休焦。
家家都有闲锅灶,
任意烹炮。
煮汤的贴他三枝火烧,
穿炒的助他一把胡椒,
倒省了我开东道。
免终朝报晓,
直睡到日头高。(【满庭芳】《失鸡》)

王骥德甚称西楼此曲,与《瓶中杏花为鼠所啮倒》【朝天子】，以为妙绝。

斜插，
杏花，
当一幅横披画。
毛诗中谁道鼠无牙，
却怎生咬倒了金瓶架。
水流向床头，
春拖在墙下，
这情理宁甘罢。
那里去告他，
何处去诉他，
也只索细数着猫儿骂。（【朝天子】《瓶杏为鼠所啮》）

江盈科《雪涛诗话》评他所作，谓："材料取诸眼前，句调得诸口头，朗诵一过，殊足解颐。其视匠心学古，艰难苦涩者，真不啻啖哀家梨也。"西楼的长处，便在于此，他若不经意出之，却是那么样的警炼。

同时有王田[1]者，字舜耕，济南人，亦号西楼。明人如王世贞之《曲藻》，陈所闻之《北宫词纪》，方悟之《青楼韵语广

---

[1] 原注：王田见《济南府志》卷四十九《人物》五。

集》，已常把二人混为一谈；独王骥德《曲律》始辨明两西楼之误。按王田事迹，传者不多，据《济南府志》云：

> 王田……以县佐请老归田，才敏喜为乐府词，脍炙人口，远近传播。山水学高房山，不失距度。（卷四十九《人物五》）

我们所知道王田的事迹，只此而已。他的散曲，王骥德称其"多近人情，兼善谐谑"。如：

> 身子儿生来的偏瘦，
> 玳筵前逞尽风流，
> 子弟每抱着喜优优。
> 一只手脾儿上搂，
> 一只手在肚儿上抠，
> 抠的他百般儿声气有。（【红绣鞋】《咏琵琶》）

这种"滑稽佻达"之言，盖元人王和卿之一流。《曲藻》所诋为浅于风人之旨者，大概就是指舜耕此类曲子而言罢。

金銮字在衡，号白屿，陇西人。侨居金陵，性任侠，喜交游，与金陵盛时泰交谊颇笃。时泰字仲文，号云浦，家多藏书，白屿寝馈其间，故其散曲能为明代一大宗。他的散曲有《萧爽斋乐府》二卷[1]为《环翠堂四词宗合刻》(冯海粟[？]、王西楼、金白屿、梁伯龙)之一。约存小令百数十首，套数二十余首。

钱谦益称他的诗"风流婉约，得江左清华之致"。他的散曲亦萧爽清丽，兼善诙谐之趣，何元朗谓："南都自徐髯仙后，惟金在衡最为知音，善填词，嘲调小曲极妙，令人绝倒。"这可见他的作风是与王磐相近的。他的《河西六娘子》：

> 海棠阴轻闪过凤头钗，
> 没人处款款行来。
> 好风儿不住的吹罗带，
> 猜也么猜。
> 待说口难开，
> 待动手难抬，
> 泪点儿和衣暗暗的揩。（《闺情》）

任中敏最赏此曲，他说："风物人情四件，写得无一不美，无一不真，而文字于妩媚中犹令人觉朗畅。合之涵虚评林，则吴西逸之空谷流泉，张云庄之临风玉树，仿佛似之，有不仅杨西庵之芳妍花柳，吕止庵之结绮晴霞。"（《曲谐》卷一）诚然，此曲丽绝亦清绝，在《萧爽斋乐府》中，确是一首绝妙好词。又如：

---

[1] 原注：《萧爽斋乐府》有万历刊本。

城边灯火几家楼,
江上风波一叶舟,
月中箫鼓三更后,
听谁家犹唤酒。
正烟花二月扬州,
人已去锦窗鸳甃,
物犹存青浦细柳,
怨难平舞态歌喉。(【水仙子】《广陵夜泊》)

雅洁细致,俊语如珠,决非沈青门辈专为人家儿女写相思者所可比拟。【六娘子】《闺情》、【水仙子】《夜泊》,可为白屿《萧爽集》中的双璧。近人卢冀野有《论曲绝句》云:"写情自有生花笔,羞嚼红绒唾北窗。记得海棠阴下听,几家灯火谱新腔。"(《曲雅》)即是指的白屿此曲。又白屿《咏怀》云:

深深的草莱,
小小的亭台,
多山多水少尘埃。
任流光过客,
好人儿留得百年在,
好酒儿落得千家卖,
好花常得四时开,

大家来合采。(【醉太平】《漫兴》)

此乃白屿自道清贫之乐,和他达观的事情,在字句内很充分地表现出白屿的宽柔博茂的性格来。白屿也能诗,如"断云疏雁影,残月乱鸡声"(《泊淮上》),"空江积雪添双鬓,细雨疏灯共一楼"(《除夕》),却情景俱佳。

杨慎的父亲杨廷和[1](1459—1529)字介夫,新都人。年十二举于乡,成化十四年(1478)十九成进士。弘治二年(1489)进修撰。正德二年(1507)由詹事入东阁专典诰勅,以讲筵指斥佞幸忤刘瑾,改南京吏部左侍郎,寻迁南京户部尚书,进兼文渊阁大学士,加少保兼太子太保。刘瑾败,论功进少傅,寻兼太子太师、华盖殿大学士。嘉靖初,以议大礼削职归,共活七十一岁。他美风姿,性沉静详审,为文简畅有法。所作散曲集有《乐府遗音》。其情调大类张云庄的《休居乐府》,但也很有萧爽的作风。如:

凤阑不放天晴,
雨余还见云生。
刚喜疏花弄影,
鸟声相应,

---

[1] 原注:杨廷和见《明史》卷一百九十。

偶然便有诗成。(【天净沙】《三月十三日竹亭雨过》)

介夫的散曲传者不多,且《乐府遗音》又多混杂于《升庵十五种》内。故论者每误为升庵词。以下更专论升庵。

杨慎[1](1488—1559)字用修,号升庵,新都人。正德六年(1510)赐进士第一,授修撰。武宗微行出居庸关,他抗疏谏。世宗立,充经筵讲官。嘉靖甲申(1524)两上议大礼,他与同列伏左顺门力谏,帝命执首事下狱,慎及王元正撼门大哭,帝怒疏廷杖谪戍云南永昌卫,卒于戍所,年七十二岁。天启初进谥文献。杨慎是一位才子,又是宦门子弟,所以他在少年才华焕发,中年流放穷荒后,不能尽其才,自此便放浪诗酒,过他的"颓废"生活了。《明史》卷一百九十二本传曾有这样的记载:

慎幼警敏,十一岁能诗,十二拟作《古战场文》《过秦论》,长老惊异。入京赋《黄叶诗》,李东阳见而嗟赏,令受业门下……尝奉使过镇江,谒杨一清,阅所藏书,叩以疑义,一清皆成诵,慎惊异,益肆力古学。投荒所暇,书无所不览。尝语人曰:"资性不足恃,日新德业,当自学问中来。"故好学穷理,老而弥笃。

---

[1] 原注:杨慎见《明史》卷一百九十二。

《明史》又谓:"世宗以议礼故,恶其父子特甚,每问慎作何状? 阁臣以'老病'对,乃稍解,慎闻之益纵酒自放。"王世贞的《艺苑卮言》曾记载他当时生活的情形:

> 用修在泸州,暇时红粉傅面,作双丫髻,插花。门生舁之,诸妓捧觞,游行街市,了不为愧。

他的学问很博洽,著书百余种,《明史》称其"记诵之博,著作之富,推慎为第一"。《四库总目》也称他"赅博圆通,究在明人诸家之上"。他的词有《升庵词》二卷。散曲有《陶情乐府》四卷,拾遗一卷,约存小令三十余首,重头百余首,套数十首。王世贞曾评他道:

> 杨状元慎,才情盖世,所著有《洞天记》《陶情乐府》《续陶情乐府》,流脍人口,而不为当家所许。盖杨本蜀人,故多川调,不甚谐南北腔也。(《艺苑卮言》)

平心论之,升庵曲虽不甚精粹,但因作者是个"美才甘放"、备尝忧患的人,所以他集中的佳作,也具有爽丽或真挚的优点。如:

> 明月中天,

> 照见长江万里船。
> 月光如水，
> 江水无波，
> 色与天连。
> 垂杨两岸净无烟，
> 沙禽几处惊相唤。
> 丝缆停牵，
> 乘风直上银河畔。(【驻马听】《和王舜卿舟行之咏》)

像这样爽丽真挚、情辞并茂的曲，不独是杨升庵的代表作品，即在明散曲中也是"上乘"的文字。他这种好曲在集中还有不少的。如：

> 客枕恨邻鸡，
> 未明时又早啼。
> 惊人好梦三千里，
> 星河影低，
> 云烟望迷，
> 鸡声才罢鸦声起。
> 冷凄凄，
> 高楼独倚，
> 残月挂天西。(【黄莺儿】)

人间境，
最堪怜晓行残月，
茅店鸡声。(《咏月》的【解三酲】)

这些这些，都是他历尽风霜的、凄迷的回忆。他投荒三十余年，故集中每有思乡之作。如：

思乡泪，
远戍人，
夜更长砌成幽恨。
四年余瘴海愁春，
梦儿中上林花信。(【落梅风】)

又如：

想英雄四海为家，
楚尾吴头海角天涯。
墙外青山，
丘中白雪，
篱下黄花。
古道上来牛去马，
小亭中暮霭晨霞。

> 世事如麻,
> 吾已瓠瓜。(【折桂令】《改云林古曲》)

这不过是升庵的无可奈何聊以自慰罢了。试缅想:"金鞍少年风韵别,翠被春寒夜。消息未归来,寒食梨花谢。秋千明月肠断也。"(【清江引】)他将不胜"迟暮"之感! 他的诗词也能独立门户,沈德潜《明诗别裁》、王昶《明词综》均甚称之。

杨慎的继室黄夫人[1],父亲名珂,字鸿玉,官至工部尚书,有介直之誉。她自幼秉承家教,博通经史,能诗文,工笔札。正德十四年(1511)与杨慎结婚。杨慎谪云南,她以寄外诗知名当时。《晚香堂清语》云:

> 升庵夫人黄氏《寄外诗》有"日归日归愁岁暮,其雨其雨怨朝阳"之句,传诵人口。又有【满庭芳】《巫山一段云》词:"巫女朝朝艳,杨妃夜夜娇,行云无力困纤腰,媚眼晕红潮。阿母梳云髻,檀郎整翠翘。起来罗袜步兰苕,一见又魂销。"皆甚雅丽,或比之赵松雪管夫人,但管工画竹,诗词鄙俚,不及黄远矣。

明朱孟震《玉笥诗谈》也记载着黄夫人的事迹:

---

[1] 原注: 黄夫人见《明词综》卷十一。

升庵杨先生夫人黄氏，遂宁黄简肃公女，博通经史，能诗文，善书札，娴于女道，性复严整，闺门肃然，虽先生亦敬惮之。

黄夫人的散曲，在明末已有《杨夫人词曲》四卷，拾遗一卷，题徐文长重订，但篇章多与杨慎的《陶情乐府》相混，复见之作，多至八十余篇，令人茫然有"孰为夫倡，孰为妇随"之叹。近人任中敏，博证群书，取《夫人曲》与《陶情乐府》合编为《杨升庵夫妇散曲》，《夫人曲》编为三卷[1]，便较为纯粹而可信了。她的散曲的作风，也爽丽真挚，与杨慎相近，而较杨为纵恣：

俺也曾娇滴滴徘徊在兰麝房。
俺也曾香馥馥绸缪在鲛绡帐。
俺也曾颤巍巍擎他在手掌儿中，
俺也曾意悬悬阁他在心窝儿上。
谁承望：
忽剌剌金弹打鸳鸯，
支楞楞瑶琴别凤凰。
我这里冷清清独守莺花寨，

---

[1] 原注：《杨升庵夫人词曲》（徐渭编订）有明嘉靖刊本。有近人新辑的《杨升庵夫妇散曲》。

他那里笑吟吟相和鱼水乡。
难当,
小贱才假莺莺的娇模样。
休忙,
老虔婆恶狠狠做一场。(【雁儿落带得胜令】)

这词起初追叙初婚时的甜蜜,继骂她丈夫所欢的为"小贱才",而自己又称为"老虔婆"。末后要赶上去和他们"恶狠狠做一场",这种甜辣并用的手段,想见这位多情而又亢爽的黄夫人是如何的情急了。又如:

天生你端要磨咱。
好朵仙花,
落在谁家?
被儿里风流,
怀儿里恩爱,
做了口儿里嗟呀。
……
海角天涯,
水渺云赊。
到头来虽也相逢,
急时间心痒难挝。(【折桂令】)

这都是写情很"恣放"的例子。至稍蕴藉的例如:

> 楼头小,
> 风味佳,
> 峭寒生雨初风乍。
> 知不知对春思念他,
> 背立在海棠花下。(【落梅风】)

这曲生动流利,有呼之欲出之妙。黄夫人曲以怀念远谪的丈夫【罗江怨】四首流脍人口。如:

> 空亭月斜,
> 东方既白,
> 金鸡惊散枕边蝶,
> 长亭十里唱阳关也。
> 相思相见,
> 相见何年月!
> 泪流襟上雪,
> 愁穿心上结,
> 鸳鸯被冷雕鞍热。(【罗江怨】)

黄夫人曲中体裁最奇的莫过于【骂玉郎带过感皇恩采茶

歌】《咏仕女图》，通曲二十四句，即用二十四个"一个"写二十四个人，别无一个重复，虽散文记叙体中也是"难能"，而乃见于韵曲，岂非创格？

　　一个摘蔷薇刺挽金钗落。
　　一个拾翠羽，
　　一个捻鲛绡，
　　一个画屏侧畔身斜靠。
　　一个竹影遮，
　　一个柳色潜，
　　一个槐荫罩。
　　一个绿写芭蕉，
　　一个红摘樱桃。
　　一个背湖山，
　　一个临盆沼，
　　一个步亭皋。
　　一个管吹凤箫，
　　一个弦抚鸾胶。
　　一个倚阑凭，
　　一个登楼眺，
　　一个隔帘瞧。
　　一个愁眉雾锁，

一个醉脸霞娇。
　　一个映水匀红粉，
　　一个偎花整翠翘。
　　一个弄青梅攀折短墙梢，
　　一个蹴起秋千出林杪，
　　一个折回罗袖把做扇儿摇。

　　这种"奇丽"的曲子，都是《陶情乐府》所无的。所以若专就散曲论，黄夫人实可与升庵站在同等的地位，有时似驾升庵之上。她在散曲坛上，正如词中之有李清照、朱淑真，"自是世间难见事，杨家夫妇两词人"，杨慎夫妇在曲坛的成就论，正和英国夫妇诗人白郎宁。

　　唐寅[1]（1470—1523）字伯虎，一字子畏，号六如居士，吴县人。性颖利，与里狂生张灵纵酒，不事诸生业，祝允明规之，乃闭户浃岁。举弘治十一年（1489）乡试第一。座主梁储奇其文，还朝示文学家程敏政，敏政亦奇之。未几敏政因事被劾，语连寅下诏狱谪为吏。他耻不就，归家益放浪。宁王宸濠厚币聘之，寅察其有异志，佯狂使酒，露其丑秽，宸濠不能堪，放还。筑室桃花坞，与客日饮其中。曾自署印曰"江南第一风流才子"，又曰"普救寺婚姻案主者"。《明史·文苑传》对他曾

---

[1] 原注：唐寅见《明史》卷二百八十六《文苑》二。

有这样的评语:

> 寅诗文初尚才情,晚年颓然自放,谓后人知我不在此,论者伤之。吴中自枝山辈以放诞不羁为世所指目,而文才倾艳,倾动流辈,传说者增益而附丽之,往往出名教外。(《文苑》)

他的散曲有何大成所编的《六如曲集》,王骥德论曲道"小令如唐六如、祝枝山辈,皆小有致",而王世贞《曲藻》也说:"伯虎小词,翩翩有致。"他的散曲多香奁体,不脱"绮丽"的作风。如:

> 嫩绿芭蕉庭院,
> 新绣鸳鸯罗扇,
> 天时乍暖,
> 乍暖浑身倦。
> 整金莲,
> 秋千画板前,
> 几回欲上。
> 欲上羞人见,
> 走入纱厨假欲眠。
> 芳年,

芳年正可怜。

其间,

其间不敢言。(【山坡羊】)

这倒是"姿态横生,情意浓郁"之作。又如:

细雨湿蔷薇,

画梁间燕子归,

春愁似海深无底。

天涯马蹄,

灯前翠眉,

马前芳草灯前泪,

梦魂飞云山万里,

不辨路东西。(【黄莺儿】)

这更变为"凄惋"了。他的散曲除香奁外,也好作放旷语。如:

春深小院飞细雨,

杏花消息何如?

报到东君连夜去,

须索要圈留他住。(【集贤宾】《自遣》的前半)

又如：

数过清明春老，
花到荼蘼事了。
光阴估价，
估价钱多少，
望酒标先拚典翠袍，
……
花压重门待月敲。
滔滔，
滔滔醉一宵。
萧萧，
萧萧已二毛。(【山坡羊】)

"清闲两字钱难买，苦把身拘碍。"在六如的曲中，除了绮丽一类的香奁体外，便都是这些刹那的享乐主义的作品了。唐的同乡有祝允明、文征明。三人者均以南曲著名弘、正间，但文曲传者不多，故只论祝曲。

祝允明[1]（1460—1526）字希哲，因生而枝指，号枝山，又号枝指生，长洲人。他九岁能诗，稍长博览群集，文章有奇

---

[1] 原注：祝允明见《明史》卷二百八十六《文苑》二。

气。弘治五年（1492）举于乡，久之不第。授广东兴宁知县，捕戮盗魁三十余，邑因之无警。稍迁应天通判。谢病归，嘉靖五年（1526）卒。他与唐寅齐名，性情的乖僻也相同。《明史》曾记载道：

> 祝允明……尤工书法，名动海内，好酒色六博，善新声，求文及书者踵至，多贿妓掩得之。恶礼法士，亦不问生产，有所入辄召客豪饮，费尽乃已。或分与持出，不留一钱。晚益困，每出追呼索逋者相随于后，允明益自喜。

蒋一葵《尧山堂外纪》也记道：

> 枝山为人……不修行检，尝傅粉黛，从优伶，酒间度新声，侠少年好慕之，多赍金游。尝赋【金络索】四景词，为时脍炙。

他的散曲集名《新机锦》，今已不传。但就他现存的诸曲看，也多流丽隽妙之词。如：

> 东风转岁华，
> 院院烧灯罢。
> 陌上清明，

  细雨纷纷下。
  天涯荡子,
  心尽思家。
  只看人归不见他!
  合欢未久难抛舍,
  追随从前一念差。
  伤情处,
  恹恹独坐小窗纱。
  只见片片桃花,
  阵阵杨花,
  飞过了秋千架。(【金络索】《春词》)

又如:

  为想鸾交凤友,
  趁残灯淡月,
  悄地绸缪。
  一团娇颤太风流,
  惊忙错过佳期候。(【皂罗袍】《欢情》)

  像这样流丽隽妙的"好词",难怪当时许多少年们发狂似的追逐他之后。"一时作手出吴中,洒翰神凝顾盼雄。巧擅解衣亦上品，南词从此盛江东。"（卢冀野诗）他与唐寅的确是南曲坛上的两颗明星。

陈铎[1]字大声，号秋碧，下邳人，徙南京。他是睢宁伯陈文的曾孙，世袭指挥，居第南有秋碧轩与七一居，精洁绝尘，日与友好谈谦其中，置"正事"于不顾。周晖《金陵琐事》曾记他道：

> 指挥陈铎，以词曲驰名，偶因卫事谒魏国公于本府，徐公问："可是能词曲之陈铎乎？"陈应之曰："是。"又问："能唱乎？"陈随袖中取出牙板高歌一曲。徐公挥之去。乃曰："陈铎金带指挥，不与朝廷作事，牙板随身，何其卑也！"

他这种"爱好艺术"的精神，看来似狂，实皆有至性。陈铎外富有此种精神的，如薛千仞《笔余》所记的王渼陂，徐复祚《花当阁丛谈》当所记的冯正伯，《柳南随笔》所记的王斥……盖明代士风如此，只可为知者道也！大声除散曲外，又工诗、词、画。如"晚树低分霁，春云淡隔城"，"山月巧窥人瘦影，夜深先向客衣生"，都是诗中胜语。又像："波映横塘柳映桥，冷烟疏雨暗亭皋，春城风景胜江郊。花蕊暗随蜂作蜜，

---

[1] 原注：陈铎见《明词综》卷三。

溪云还伴鹤归巢,草堂新竹两三梢。"(《浣溪沙》)这还不是很流丽的好词吗? 他的散曲集有《梨云寄傲》一卷,《秋碧乐府》二卷,又《滑稽余音》一卷(?)[1]约存小令百数十首,套数三十首左右。他的作品大都是"稳协流丽,被之管弦,能审宫节羽,不差毫末"的东西。如:

> 杏脸桃腮,
> 展转思量不下怀。
> 新月思[2]眉黛,
> 春草伤裙带。
> 嗏,
> 独坐小书斋。
> 自入春来,
> 欲待看花,
> 反被花禁害,
> 情思昏昏倦眼开。(【驻云飞】)

又如:

> 碧纱窗外月儿高,

---

[1] 原注:《梨云寄傲》及《秋碧乐府》有近人新辑本。
[2] 思　底本作"疑",据《全明散曲》(P.523)改。

> 秋到芭蕉。
> 和衣刚得眼合着,
> 谁惊觉,
> 花底一声箫。
> 吹来总是相思调,
> 把闲愁唤上眉梢。
> 展转听,
> 伤怀抱,
> 粉香花貌,
> 一夜为君消。(【小梁州】)

像这两曲"一气呵成,不着波折,而情韵自然浓厚"。《曲品》说陈秋碧"南音嘹亮",倒是很中肯的评语。他又善于刻画闺情,其佳者不亚沈青门。如:

> 更初静,
> 月渐低,
> 绣房中老夫人先睡。
> 我敢连走到三四回,
> 嘱多情犬儿休吠。(《风情》【落梅风】)
> 半晌家定睛,
> 越教人动情。

模样儿都记得,
悔不曾问姓名。(【胡十八】)
跪在他面前,
曲膝似软棉,
所事儿不敢说,
一千个可怜见。(【胡十八】)

他也善于写景,如【北黄钟·醉花阴】《秦淮游赏》:

几行沙鸟傍人飞,
数点征帆待雨归,
一片渔歌花外起。(《秦淮游赏》【么篇】)
将将将日坠西,
见见见雪浪惊涛拍岸回,
纷纷纷宿鸟飞还,
闪闪闪残霞飘坠,
呀呀呀两三家半掩扉,
喜喜喜送黄昏远寺钟声碎,
看看看灯火儿依稀。(《秦淮游赏》的【水仙子】)

又如:

> 月小潮平，
> 红蓼滩头秋水冷。
> 天空云静，
> 夕阳江上乱峰青。（《渔隐》的【驻马听】）

像以上所举的诸例，写情写景，很能流丽自然。王世贞说他"所为散套，既多踏袭，亦浅才情"，未免过刻之言。"牙板随身只自怜，《梨云》冉冉板桥边"，可以想见当年这位"才情驰骋"的少年，对于词曲之嗜好的程度！

陈所闻字荩卿，秣陵人，明诸生。他是个功名不遂而放浪山水诗酒的人。他虽然在政治上不得志，但他所选的两部散曲《北宫词纪》《南宫词纪》，却是二部留传很盛的书，与杨氏"二选"同为研究元明散曲之重要参考。他的事迹及与他所与交友之人，卢冀野的《曲雅》载之很详：

> 荩卿卜居莫愁湖畔，一时文士，诗酒流连，所选《古今大雅》《南北宫词纪》，网罗甚富，流传亦广，已作有《濠上斋乐府》。当时词人家于秣陵者，有马俊、史忠、徐林、陈鲁南、罗子修、盛鸾、邢一凤、郑仕、胡懋礼、杜大成、王逢元、沈越、盛敏耕、高志学、段炳、张四维、黄方胤、沈恩、司马泰、黄开第、汪宗姬、皮光淳、徐维敬、孙起都、黄成儒、赵猷之，而陈铎、金銮尤称翘楚。否则荩卿

可为江东一霸，领袖群伦矣。

他的散曲都见《南北宫词纪》。近人有新辑本《陈荩卿散曲》一卷。存小令一百七十余首，套数五十六首，在这些作品中都很精粹。顾曲散人说他："思路不幻，故小令少趣，大套亦不长于闺情。惟赠人之作，铺叙乃其胜场。"(《太霞新奏》)殊觉失之过刻。但看他的：

> 风雨萧然，
> 寒入姑苏夜泊船。
> 市喧才寂，
> 潮汐还生，
> 钟韵俄转。
> 乌啼不管旅愁牵，
> 梦回偏怪家山远，
> 摇落江天，
> 喜的是蓬窗曙色，
> 透来一线。(【驻马听】《阊门夜泊》)

"丰腴缜密，流丽清圆"八字，乃陈荩卿选南词所悬之的，便可移赠此曲了。又如：

> 我爱他形容细又圆,
> 怎说得分两轻还贱,
> 往常时刺鸳鸯费尽钻研。
> 寸肠铁硬曾经炼,
> 小眼星昏望欲穿。
> 灯儿下凭谁可怜,
> 只落得绣床月冷一丝牵。(【玉芙蓉】《咏针》)

思路新奇,措语尤工,可算是俳谐的上乘文字。顾曲散人说他"思路不幻"得非过乎? 至他的套数,像:

> 绛蜡不须烧,
> 雪色蟾光两辉耀。
> 羡寒流桂影,
> 素积梅梢。
> 似浮槎远浮银河,
> 疑不夜惊飞乌鸟。
> 放怀共作长鲸饮,
> 莫负太平佳兆。(《初春看雪晴》的【画眉序】)

又如:

> 每日价横琴棐几,
> 检字芸窗。
> 也有时尊开北海,
> 客会高阳。
> 玉醍醐水陆铺张,
> 翠甋毹环佩铿锵。
> 泛银河秋驾兰舟,
> 眺东山春挑鹤氅,
> 宴瑶台夜拥霓裳。(《赠徐王孙》的【梁州第七】)

这便是顾曲散人所说的"赠人之作,铺叙乃其胜场"罢。与荩卿交游而以散曲名者金(銮)陈(铎)外,盛敏耕也颇知名。敏耕为盛时泰之子,字伯年,号壶林,上元人。荩卿卜筑莫愁湖,乃孙楚酒楼,谪仙寻醉之所,敏耕曾为作《新水令》以纪之。

夏言[1](1482—1558)字公谨,贵溪人。正德十二年(1517)进士。历官吏部尚书、华盖殿大学士,谥文愍。著有《桂洲近体乐府》六卷,《鸥园新曲》一卷。他是一位词家,在明词坛上是有位置的。王世贞《艺苑卮言》说:

---

[1] 原注:夏言见《明史》卷一百九十六。

我朝以词名家者,伯温秾纤有致,去宋尚隔一尘,用修好入六朝丽事,似近而远。公谨最号雄爽,比之稼轩,觉少精思。

王世贞虽说他的词以"雄爽"见长,但像:"小楼临苑对青山,朱门草色闲。隔花时有佩珊珊,秋千杨柳间。"(《阮郎归》)其温丽何减和凝,不能以"雄爽"概之了。至他的散曲,也是清丽的成分,胜过雄豪。例如他的散套《白鸥园漫兴》云:

> 白鸥园上风光好,
> 烟霞胜三岛。
> 苔径入林深,
> 竹房傍池小。
> 清风可招,
> 明月自照,
> 与客坐长吟,
> 挑灯到天晓。(【四边静】)
> 风光好处人难到,
> 溪云山月有谁招?
> 闲人古来少,
> 福禄怎消?
> 葛巾布袍,

> 田翁野老，
> 朝夕相从，
> 笑谈不了。(《白鸥园漫兴》的【划锹儿】)

这倒是很恬淡的作品。

沈仕字懋学，一字子登，号青门山人（吕天成《曲品》云一字野筠），仁和人。关于他的年代，可考者有下列诸书：

> 成（化）弘（治）间，沈青门、陈大声辈，南词宗匠。（徐又陵《蜗亭杂订》）

> 沈青门、陈大声辈，南词宗匠，皆本朝化、治间人。(明沈德符《顾曲杂言》)

徐、沈二人都说沈青门为成化、弘治间人物，而冯惟敏《海浮山堂词稿》卷一有【双调·新水令】《访沈青门乞画》，则他在嘉靖乙丑（1565）当健在。冯曲【新水令】引言：

> 青门之名，余耳之旧矣。壬戌（1562）早春，历城邂逅，西馆燕嬉，时余犹书生也。余今以旷官赴调（由涞水调镇江教授），复得周旋谈笑京邸间，因乞作画，有感旧游，情不能默。青门艺苑博雅，兼善北谱，故以投之。

我们细玩冯文"青门之名，余耳之旧矣""时余犹书生也"诸语，则冯向青门乞画时，青门已皤然老翁了（我们假定他这时七十八岁，则他的生年应在成化二十二年——约生于1488前后？卒于1565之后？）。至他的身世，我们可看岳岱《今雨瑶华》和梁辰鱼《江东白苎》：

> 青门山人沈仕，身本贵介（他是明少司寇沈锐之子，见厉鹗《唾窗绒跋》），志则清真，野服山巾，江游海览，新篇雅调，远迩齐称，信乎野鹤之立鸡群，祥麟之游郊外。（岳岱《今雨瑶华》）

> 青门山人者，钱塘菁英，武林翘楚，丹青冠于海上，词翰遍于江南。任侠气满，迹类霸陵将军；自伤情多，家本秦川公子。但峻志未就，每托迹于醉乡；逸气不伸，常游神于花阵。联翩秀句，倾翠馆之梁尘；旖旎芳词，动青楼之扇影。不揣芜陋，欲窥室堂；乃效苎萝之颦，敢学邯郸之舞，庶《金荃》之句，使复见于当年；而《香奁》之篇，不独称于前代。（《杂咏效沈青门唾窗绒体引》）

沈青门和王磐一样，"生富室独厌绮丽之习"，性疏放得很，千金到手辄尽，虽家人饥寒，他也不以为意。又喜漫游，齐鲁燕蓟，都有他的游踪。他的散曲有新辑本《唾窗绒》一卷[1]，共存小令七十四首，套数十二首。这些作品，大都艳冶绵丽。所以张旭初说他"其词艳冶出俗，韵致和谐，入南声之奥室矣"(《吴骚合编》)，倒是很中肯的批评。例如：

饮罢月朦胧，
照郎归绣户中。
银台绛蜡含羞捧，
露纤纤玉葱，
映盈盈粉容。
偷回笑脸娇波送，
怕东风半途吹灭，
伴把袖梢笼。(【黄莺儿】《佳人秉烛》)

此曲的娇艳妩媚，生动活泼，可作一张"活动电影"看，但这还是他写得蕴藉一点的。至像"小帐挂轻纱"一首，便很"赤裸裸"了：

小帐挂轻纱，
玉肌肤无点瑕。

---

[1] 原注：《唾窗绒》有《散曲丛刊》本。

牡丹心浓似胭脂画,
香馥馥可夸,
露津津爱杀。
耳边厢细语低低骂:
小冤家,
颠狂忐忑,
揉碎鬓边花。(【黄莺儿】《美人荐寝》)

这真是娇艳若夭桃的东西。又如:

倚门无语掐残花,
蓦然间春色微烘上脸霞。
相思薄幸那冤家,
临风不敢高声骂,
只教我指定名儿暗咬牙!(【懒画眉】《春怨》)
东风吹粉酿梨花,
几日相思闷转加。
偶闻人语隔窗纱,
不觉猛地浑身乍!
却原来是架上鹦哥不是他。(【懒画眉】《春闺即事》)

像这样天真而漂亮的东西,真教人开卷微吟,就有欲罢不能之势；这是沈曲的白眉，便是"香奁体"的上乘。奈何后之"效沈青门体"者，不此之求，而专摹仿沈曲绮丽典雅，貌若"淫亵"篇什；《疑云》《疑雨》，遂使沈氏受谤无穷矣。沈曲本色一类的情歌，我很爱读，不妨再举他一首：

> 雕栏畔，
> 曲径边，
> 相逢他猛然丢一眼，
> 教我口儿不能言，
> 腿儿扑地软。
> 他回首去，
> 一道烟，
> 谢得腊梅枝把他来抓个转。（【锁南枝】《咏所见》）

论沈曲者"艳冶绵丽"四字，殆为沈曲的定评。若以诗为喻，沈仕颇似韩偓；说到词便颇似温庭筠。他们三人是在中国文学史上占着相似的地位：韩偓创制了诗的"香奁体"，温庭筠却开创了词的"花间派"；若在曲中，沈仕似乎也是一支"异军"。"不少空中绮丽语，疑云疑雨怨青门"，嘉、隆以后的曲坛，《唾窗绒》便为许多人所追抚矣。

第八章
昆腔起来后的白苎派

梁辰鱼 — 郑若庸 — 张凤翼 — 朱应辰 — 屠隆 — 冯梦龙 — 袁晋

散曲到了明代，很显然的有两个不同的时期，其分界，即为昆腔的起来的前后。在明代昆腔未流行之前，北曲仍占着重大的势力，康、王、金、冯是那样的纵横驰骤着。这时的南曲，不过刚刚抬头，只有一个沈仕较为伟大，然不过像太阳未出来前的爝火一样。但到了昆腔起来以后，其情形便不大相同，这时南曲大盛，而北曲便渐就衰灭，久不复现于散曲坛了。但是南散曲作家们，每喜参用词法，尚典雅工丽，喜集曲翻谱，散曲到了这时，虽然它的词藻是那末样的典雅，音韵是那末样的和叶，但如词在南宋一样，已至凝结为冰雕琢成器的时代。元人苍茫萧爽的优点，到此已不复存在了。昆腔始于太仓魏良辅，一时新曲首先采用者，首推梁辰鱼之所作。他在剧曲为《浣纱记》，在散曲则为《江东白苎》。和梁辰鱼同派的重要作家，则有郑若庸、张凤翼、朱应辰、冯梦龙、袁晋诸人。

梁辰鱼[1]（1520？—1580？）字伯龙，号少伯，又号仇池外史，昆山人。他为人好任侠，不屑就诸生试。嘉靖间，王世贞、李攀龙都与之交。他身长七尺，多须，性好游，足迹遍吴楚间，更欲览天下名胜，不果而终。他工诗，精音律，时邑人魏良辅能喉转音调，创为昆腔，伯龙作剧曲《浣纱记》付魏，一时曲家，如陆九畴、郑思笠、包郎郎、戴梅川等更迭唱和，清词艳曲，流播人间。朱彝尊《静志居诗话》说：

伯龙雅擅词曲，所选《江东白苎》，妙绝时人，时邑人魏良辅能喉转音声，始变弋阳、海盐故调为昆腔。伯龙填《浣纱记》付之，王元美诗所云"吴阊白面冶游儿，争唱梁郎雪艳词"是已。

至他在当时享名之盛，张大复的《梅花草堂笔谈》《蜗亭杂订》都有记载：

梁伯龙风流自赏，修髯美姿容，身长八尺，为一时词家所宗。艳歌清词，传播戚里，每传柑褉饮，竞渡穿订，罗列丝竹，歌儿舞女，不见伯龙，自以为不祥。（《梅花草

---

[1] 原注：梁辰鱼见《皇明词林人物考》卷十一。

堂笔谈》）

　　梁伯龙风流自赏……教人度曲，设大案西向坐，序列左右，递传叠和。所作《浣纱记》，至传海外。（《蜗亭杂订》）

王伯稠也曾赠他诗道：

　　粉毫吐艳曲，
　　粲若春花开。
　　斗酒青夜歌，
　　白头拥吴姬。
　　家无担石储，
　　出多少年随。

　　在这些记载中，都可看出伯龙的身世，和他在当时之声誉及其影响之大。张旭初于《吴骚合编》内至推为"曲中之圣"，虽不无阿好，但他在明曲坛上地位却是很高的。

　　他的散曲有《江东白苎》二卷、《续江东白苎》二卷[1]，约存小令、套数各三十首左右。他这些作品大都文雅蕴藉、细腻妥帖，但因为过于重视词藻，所以往往失于板滞或晦涩。曲子如

---

[1] 原注：《江东白苎》有明嘉靖刊本，有《曲苑》本。

此，曲序也然。例如：

> 宸游，
> 披香半揭，
> 天颜应近，
> 傍垂红袖。
> 香笼雾锁，
> 通几点隔花银漏。
> 悠悠，
> 西风高挂汉宫秋。
> 有人似黄花清瘦？
> 九疑云冷，
> 湘波映着，
> 翠蛾双皱。(《咏帘栊》的【醉太平】)

这种拘促于绮语浮词之间的曲子，虽然字句雕饰得如何工致，但总不能使读者眉飞色舞起来。所谓"雾里看花，终隔一着"，伯龙有的曲即犯这种毛病。不但他的曲，曲序也何尝不是如此呢？即如：

> 咏物之作，其来尚矣，模写之妙，世或鲜焉。非音调之不谐，即情文之未至；既乖旧谱，复累新声。缅惟杨柳

窥青之篇,斯称作者;继而芳草春烟之句,不愧前人。余素蹈歌场,兼猎声圃,因端居之多暇,见笔砚之精良,假微物以适情,托芜词而比义,喜于房栊纵步,特以帘栊命篇。(《咏帘栊》的序)

《江东白苎》中有许多近词的曲,如:

> 西风里,
> 见点点昏鸦渡远洲,
> 斜阳外景色不堪回首。
> 寒骤,
> 谩依楼,
> 奈极目天涯无尽头。
> 消魂处,
> 凄凉水国,
> 败荷衰柳。(《暮秋闺怨》的【白练序】[1])

更有近诗的句子:

> 双双兰桨,

---

[1] 白练序　底本作"白炼序",据《全明散曲》(P.2198)改。

采莲归重催晚妆。
看西施舞罢纤腰,
半含娇笑倚东床。
芙蓉帐小夜添香,
杨柳风多水殿凉。(【玉抱肚】《吴宫词》)

又如以下诗句,也皆采用入曲:

东风昨夜到隋堤,
杨柳千条尽向西。(《春至有感》)
邀郎同上七香车,
遥指红楼是妾家。(《春郊邂逅》)
天涯不见一行书,
况复明朝是岁除。(《岁暮登江陵庾信楼》)
金陵驿路楚云西,
草色青青送马蹄。(《送龚副使赴郧阳》)
闺中只是暗伤神,
不见沙场愁杀人。(《代边戍寄家人》)

像他这样以绝诗中的全句,借用入曲,能装配自然,驱遣入化,几令人不能索还,这不能不说是伯龙技术的巧妙处。近人任中敏对梁曲之近词的,极力贬抑,独于伯龙曲中采用绝诗,反相推许,谓为:"曲中小令,与诗中绝句,原是一例,正可相通也。"

《江东白苎》虽为后人所疵议,但其中尽不少佳构,就中有以雄伟胜的。如:

> 万里涛回,
> 看滔滔不断,
> 古今流水,
> 千年恨都化英雄血泪。
> 徙倚,
> 故国秋余,
> 远树云中,
> 归舟天际。
> 山势,
> 还依旧枕寒流,
> 阅尽几多兴废。(《拟金陵怀古》的【夜行船】)

有以凄婉胜的:

> 帐掩,
> 香消,
> 人去房空,

> 佩冷,
> 魂归,
> 桃李春风,
> 梧桐秋雨。
> 又是经年隔岁,
> 忽忆绸缪生前语。
> 梦见依稀觉后疑,
> 人间长别离。(【破齐阵】《辛丑五月咏时序悼亡作》)

更有婉妙的:

> 小名儿牵挂在心头,
> 总欲丢时怎便丢。
> 浑如吞却线和钩,
> 不疼不痒常拖逗。
> 只落得一缕相思万缕愁。(【懒画眉】《情词》)

《江东白苎》中【驻云飞】《效沈青门唾窗绒》十首,多蹈袭元人,只《邂逅》一首,较有新意:

> 小小冤家,
> 拖逗得人来憔悴煞。

> 雅淡堪描画,
> 举止多潇洒。
> 咱,
> 曾记折梨花,
> 在荼蘼东架。
> 忙讯佳期,
> 到答着闲中话,
> 一半嚣人一半耍。(【驻云飞】《邂逅》)

至若同调《幽会》:"昨夜阳台,珊枕横欹绣帐开。蝶戏花心败,凤啄樱头解。乖,檀口揾香腮,柳腰轻摆,鬓角梳斜,花堕云屏外。一半蓬松一半歪。"便诚不免"甜俗红腐"之讥。伯龙此曲,虽标着效青门"唾窗绒体",但我们一读到青门的"耳边厢细语低低骂,小冤家,颠狂忒恁,揉碎鬓边花"(【黄莺儿】),风致嫣然,便觉伯龙所作,句句"甜俗"。但《白苎集》中,尚有一篇不负伯龙清望的,为《代刘季招寄申椒居士》一曲:

> 病淹淹难医疗的模样,
> 软怯怯难存坐的形状,
> 急煎煎难摆划的寸肠,
> 虚飘飘难按纳的情和况。

空自忙，
全然没主张。
盟山誓海，
誓海都成谎。
辗转思来，
更无的当。
凄凉，
为甚更长似岁长？
萧郎，
莫认他乡是故乡。(【山坡羊】)

意虽寻常，而语独圆俊如此，无怪张伯起说他"掷地可作金石声"。他的《白苎集》虽然是瑕瑜参半，但伯龙的确是明代一位大曲家。

与梁辰鱼同时同调的重要曲家有郑若庸和张凤翼二人。凤翼到嘉靖四十年尚存，而若庸的时代较早。若庸[1]字中伯，号虚舟，昆山人。早岁以诗名吴中，所作南剧有《玉玦记》《大节记》《五福记》三种，而以《玉玦记》为尤重要，却开创了曲中骈俪一派。他的诗与谢榛齐名，有《蛣蜣集》八卷，《北游漫稿》二卷。

---

[1] 原注：郑若庸见《明诗综》卷四十九。

他在当时是一位很红的词客,赵康王尝币聘入邺,客王父子间,王父子亲逢迎接席,与交宾主之礼。于是海内游士争担簦而之赵。康王死,去赵居清源,年八十余卒。朱彝尊《静志居诗话》云:

中伯曳裾王门,好擅乐府,尝填《玉玦》词以讪妓院,一时白门杨柳,少年无系马者。

他诚然是一位很受欢迎的曲家,他的散曲存在者不多,但就这仅存的作品中,也可以看出若庸的作风是相近于《白苎》的。典雅的文句,优美的典实,是他在曲中很重视而且努力地去作。例如:

海棠花将开未开,
倦停针绣窗门待。
花睡去冷门阶,
教人怜爱。
须避却妒花风霾,
把门儿慢开,
不许蝶蜂参拜,
若等得着那负心的便随着进来。(《春闺》的【沉醉东风】)

他毒如蜂虿,
恋花心花还受灾,
芳心从此被伊家卖,
说甚么有意重栽?
桃源洞口信已乖,
武陵溪上春难再。
顿忘却双头凤鞋,
顿忘却[1]同心鸳带。(《春闺》的【玉交枝】)
懒忒歹,
没音书三四载。
全不见那日书斋,
曾道是遇鳞鸿足书系帛。
到如今呆打孩,
笔无情,
手懒抬。(《春闺》的【川拨棹】)

　　像这种典雅工丽的句子,的确是《白苧》的同派。他的散曲如此,剧曲更是那末样的典雅。"好鸟枝头调歌,秋千丽日门墙,可怜飞燕倚新妆,半卷珠帘春恨长。"(《玉玦记》的【排歌】)这不是伯龙《浣纱记》的辞调吗?

---

[1] 却　底本作"去",据《全明散曲》(P.1516)改。

张凤翼[1]（1527—1613）字伯起，号灵墟，又号冷然居士，长洲人。与弟献翼、燕翼并有才名，时号"三张"。嘉靖四十三年（1564）举人。屡会试不第，遂弃举业，读书养母，晚年以鬻书自给。沈瓒《近事丛残》云：

> 张孝廉伯起，文学品格，独迈时流。而以诗文字翰交结贵人为耻。乃榜其门曰："本宅纸笔缺乏，凡有以扇求楷书满面者银一钱，行书八句者三分，特撰寿诗寿文，每轴各若干。"人争求之，自庚辰至今，三十年不改。

他在当时很有声誉，性情也很通脱，《花当阁丛谈》说：

> 张灵墟……晚喜为乐府新声，天下之爱灵墟新声，甚于古文词。灵墟善度曲，自朝至夕，口呜呜不已。吴中旧曲师有太仓魏良辅，灵墟出而一变之，至今宗焉。尝与次子演《琵琶记》，父中郎，子赵氏，观者填门，夷然不屑意也。

他所作戏曲有《红拂记》《祝发记》《窃符记》《灌园记》《虎符记》《扊扅记》六种，合称《阳春六集》。他的散曲有《敲月

---

[1] 原注：张凤翼见《明诗综》卷四十五，《明词综》卷四。

轩词稿》。袁于令说他以"纤媚"胜,但如【桂枝香】倒颇清疏:

半天丰韵,
前生缘分,
蓦然间冷语三分,
窣地里热心一寸。
梦中蝶魂,
梦中蝶魂,
月中花晕,
暗中思忖。
可怜人,
不知兴庆池边树,
何似风流偶傥身? (【桂枝香】《风情》)

张伯起在当时虽只是一位卖文为活的文人,但在曲坛上却占着重要的地位。他和郑若庸虽然同属梁派的作者,但伯起的成就,似较若庸为高,其影响也较若庸为广。袁于令说:"词才不同,梁伯龙以豪爽,张伯起以纤媚,沈伯英以圆美,龙子犹以轻俊;至于秀丽,不得不推王伯良。"但看于令以张凤翼与梁、沈、王、冯并举,则张凤翼的确算是嘉靖以后散曲坛上一位不可忽视的作家。

与张凤翼身世相同、作风也相近的有朱应辰。他字拱之,一字振之,累举不第,贡入太学。他能诗,有《逍遥馆集》。他的散曲有《淮海新声》[1],人称为淮海先生。《新声》明刊已不可得,清嘉庆间有詹湘亭校订本。吴道敏序云:

> 淮海先生,才情隽丽,襟素高闲,张锦幄以坐花,清哇缓乎六引;飞琼觞而醉月,妍节凌乎七盘。擒毫则思逐紫云,握板则音翻白雪,遂使渼陂却步,枝山敛容。

吴序以他比王、祝两人,可知《新声》是兼豪丽两面的。例如:

> 河汉与江沱,
> 有凡鱼不钓[2]他。
> 从来只说沧溟大,
> 探骊珠的太阿,
> 下珊瑚的网罗,
> 把灵鳌掣起三山堕。
> 这生活,
> 只有姜牙老子,
> 曾试渭阳坡。(【黄莺儿】)

---

[1] 原注:《淮海新声》有清嘉庆间刊本。
[2] 钓　底本作"钩",据《全明散曲》(P.1263)改。

这便是他豪放的例。至如：

> 双朵殢人娇，
> 两相看也脸晕潮。
> 晚妆羞向银釭照，
> 一个云堆翠翘，
> 一个风歊紫腰，
> 似杨妃挽住了西施笑。
> 对妖娆，
> 生香活色，
> 见影已魂消。（【黄莺儿】《题菊》）

这便是清丽的例。"似杨妃挽住了西施笑"，尤刻画尽致。《淮海新声》后附其甥射陂《芜城词》，有《画眉序》云："花月可怜宵，回首风江欲上潮。听竹西歌吹，猛忆前朝。隋堤外一抹山光，夜市里双声水调。缠腰争打迷楼过，满楼红袖招。"颇能融会入妙。

屠隆[1]（生卒年未详）字长卿，又字纬真，号赤水，鄞县人。他生有异才，尝学诗于明臣（字嘉则），诗笔数千言立就。举万历五年（1577）进士，除颍上知县，调繁青浦，时招名士

---

[1] 原注：屠隆见《明史》卷二百八十八。

饮酒赋诗。游九峰三泖,以仙令自许。然他于吏事不废,士民皆爱戴之。迁礼部主事,后为仇人所诬罢官。著有《由拳集》。他是一位心情极浪漫的人,他的生活是那样的萧逸自由,那样的追求享乐。他代表了隆、万间一个思想荒唐凌乱的时代。《明史》曾记载着他罢官后的生活道:

> 隆归道青浦,父老为敛田千亩,请徙居,隆不许,欢饮三日谢去。归益纵情诗酒。好宾客,卖文为活,诗文率不经意,一挥数纸。尝戏命两人对案拈二题,各赋百韵,呫嗟之间,二章并就。又与人对弈,口诵诗文,命人书之,书不逮诵也。

他的戏曲有《彩毫》《修文》《昙花》三记。《彩毫记》写李白的故事,以玄宗和杨贵妃之事为之配。《修文记》叙蒙曜一家修道成仙事。《昙花记》叙木清泰好道弃家外游事(或谓木清泰即指其好友西宁侯宋世恩)。

他的散曲和他的戏曲一样工致,但颇见刻画之痕。如:

> 青灯残夜,
> 萧条旅舍。
> 梦虽多燕约莺期,
> 事已共水流花谢。

听敲窗败叶,
敲窗败叶,
助人凄切,
杳难休歇。
鼓钟绝,
无限衾裯冷,
难消心上热。(《旅思》的【桂枝香】)
有限眉峰无限恨,
青衫上泪成血。
急整片帆归也,
又恐怕江寒夜静空载明月。(《旅思》的【长拍】)
归思迷离,
归思迷离,
愁心哽咽,
怪家山雾黯云遮。
惊梦怕啼鴂,
达驿使陇梅徒折。
冷落绣帏香暖,
恨阳关当日唱三叠。(《旅思》的【短拍】)

这是"江东白苎派"中绝肖的作品。

冯梦龙[1]（1574—1646）字犹龙，一字耳犹（或子犹），号姑苏词奴，又号顾曲散人、墨憨子，别署龙子犹，吴县人。明崇祯贡生，顺治二年，清兵侵江南，明福王降，唐王即位于福建时，他被任寿宁知县，但不久他便殉节。所居墨憨斋。他为明季文坛一怪杰，他的活动的时代始于明万历，而终于清初，他在当时与沈自晋同为剧场的老宿师，但其活动的范围，则较自晋广泛得多了。在诗的方面他有《七乐斋稿》；在剧曲方面他作了《双雄记》和《万事足》，又改订《精忠旗》《楚江情》《女丈夫》《洒雪堂》《酒家佣》《量江记》《新灌园》《梦磊记》（以上合《双雄记》《万事足》两种为《墨憨斋新曲十种》）及《风流梦》《邯郸记》《人兽关》《永团圆》《杀狗记》五种。在小说方面，他曾编过《喻世明言》《警世通言》《醒世恒言》及《平妖传》《新列国志》，又编过《笑府》《情史》《智囊》及《智囊补》。至于散曲方面，他有《宛转歌》和选辑的《太霞新奏》，并刊布《挂枝儿》小曲。他在当时的影响是极为伟大的。《曲雅》曾记道：

初梦龙在江南撰此曲（《挂枝儿》）与叶子新斗谱，浮荡子弟，靡然倾动，至有覆家破产者，其父兄群起讦之，事不可解。适其师熊公廷弼在告，遂泛舟西江求解于公。公曰："海内盛传冯生《挂枝曲》，曾携一二册惠老夫否？"

---

[1] 原注：冯梦龙见《明诗综》卷七十一。

冯局蹐不置辞，唯唯引咎。因致千里求援之意，公领之。既而以枯鱼焦腐见饷，后授一书曰"便道为我致故人某"，另以冬瓜为赠，终不提求援事，冯怏怏而去，及归始闻熊飞书当道，被讦事已释，复怜其行囊乏贫，假诸途济以三百金。(《曲雅·论曲绝句》注)

他的散曲有近辑《冯子犹散曲》一卷，约存小令十首左右，套数二十余首。他虽然是梁辰鱼派的中坚，但他的曲却没有梁派板滞与晦涩的毛病。他尝自评他自己的曲道："子犹诸曲，绝无文彩，然有一字过人，曰真。"(《太霞新奏》)这并不是他的自夸，我们就他现存的曲看来，确有极真切之作。例如：

> 郎莫开船者，
> 西风又大了些，
> 不如依旧还侬舍。
> 郎要东西和侬说，
> 郎身若冷侬身热。
> 且消受今朝这一夜，
> 明日风和便去也，
> 侬心安帖。(【江儿水】《留客》)

语既质朴，情也真挚，如出伊人之口。又如：

> 频频书寄,
> 止不过叙寒温别无甚奇,
> 你便一日间千遍邮来,
> 我心中也不嫌聒絮。
> 书呵你原非要紧的好东西,
> 为甚你一日来迟我便泪垂。(【玉抱肚】《赠书》)
> 魂惊梦语不自支,
> 倩文章压倒相思。
> 想遍文章无一字,
> 写出来依旧是情词。
> 笔底砚纸,
> 你何故逼人如是?
> 便博个金共紫,
> 比相思也不偿些子。(《有怀》的【集贤宾】)

像这些词,最足以代表他的作风。又若:

> 露水荷叶珍珠儿,
> 现是奴家痴心肠把线来穿。
> 谁知你水性儿更多变,
> 这边分散了,
> 又向那边圆!

没真性的冤家也,

随着风儿转。(【挂枝儿】《荷珠》)

这是如何隽永的妙词,难怪当时的许多少年们都发狂似的追逐于他之后。幔亭歌者[1]评龙子犹[2]以轻俊胜,这倒是不可忽视的一句话。

袁晋(1599—1674)原名韫玉,字令昭,号箨庵,一字凫公,又号幔亭仙史[3],吴县人。明末生员,早岁居苏州因果巷,和妓女穆素徽妍识,被革去学籍。至顺治二年(1645)清兵南下,袁之乡里苏州豪绅地主等托袁撰降伏之表进呈,因功授荆州太守。十余年始终未升迁,监司和袁说:"闻君署中有三声,弈棋声、唱曲声和骰子声。"袁答道:"闻公署中亦有三声,天秤声、算盘声和板子声。"监司大怒,免袁官(尤侗《艮斋杂记》)。他本是一位很通脱的人,所以甚不为当时一般"道学家"所喜,董含《三冈识略》斥之尤甚:

吴中有袁于令者字箨庵,以音律自负,遂游公卿间,所著《西楼传奇》,优伶盛传之。然词品卑下,殊乏雅驯,与康、王诸公作舆台,犹未首肯。其为人贪污无耻,年逾

---

[1] 幔亭歌者 底本作"慢亭歌者",据《冯梦龙全集·太霞新奏》(P.95)改。
[2] 龙子犹 底本作"犹子龙",据文意酌改。
[3] 幔 底本作"慢",据《全清散曲》(P.64)改。

七旬,强作少年态,喜谈闺闱事。每对客淫词秽语,冲口而出,令人掩耳。余屡谓人曰:"此君必当受口舌之报。"未几,寓会稽,冒暑干谒,忽染异疾,觉口中奇痒,因自嚼其舌,片片而堕,不食二十余日,竟不能出一语,舌根俱尽而死。(《识略》记"甲寅年口舌报"一条)

他的戏曲受叶宪祖的影响很深,散曲与冯梦龙相近,戏曲有《西楼记》《金锁记》《玉符记》《珍珠记》《肃霜裘》《长生乐》《瑞玉记》《双莺传》,而以《西楼记》最为著名。宋荦《筠廊偶笔》曾记着他的逸事:

袁箨庵以《西楼》传奇得名,与人谈及,辄有喜色。一日出饮归,月下肩舆过一大姓门,其家方燕宾,演霸王夜宴,舆人曰:"如此良夜,何不唱绣户传娇语(《西楼记·错梦》句),乃演《千金记》耶?"箨庵狂喜,几堕舆。

他和冯梦龙的关系,也可从《西楼记》内探得。褚人获《坚瓠续集》云:

袁韫玉《西楼记》初成,往就于冯犹龙,冯览毕置案头,不测所以而别。时冯方绝粮,家人以告,冯曰:"无忧,袁大令夕馈我百金矣。"乃戒阍人勿闭门,袁相公馈银来必以更余,径引至书室可也。家人皆以为诞。袁踌躇至夜,忽呼灯持百金就冯,及至,见门尚洞开,问其故,曰:"主人方秉烛在书室相待。"惊趋而入。冯曰:"吾固料子必至也。词曲俱佳,尚少一出,今已为增入矣,乃《错梦》也。"袁不胜折服,是记盛行,而《错梦》所以尤脍炙者也。

他的散曲我可引他的散套《横塘载月》作例,其情调宛然《白苎》了。

载轻娃,
暂停舟钱塘水涯,
到处景随佳,
羡高人愿为泛宅浮家。
我待弄清狂正平鼓挝,
你休怨孤眠商妇琵琶。
种了邵平瓜,
效范蠡扁舟远驾。
三间未许夸,
悲放逐啼声泣哑,
直恁的困苦欠撑达!(《横塘载月》的【锦缠道】)
暖溶溶,
明月下。

看山影,
轻如画。
清溪畔柳可藏鸦,
曲桥外似雪梨花。
荒村数家,
更喱喱犬鸣,
一带篱笆。(【普天乐】)
醉流霞,
浅斟低唱按红牙。
纤纤素指轻轻下,
歌翻子夜,
琯弄朝华,
一派余音虚架。
赤凤堪乘,
彩云欲化,
今宵清梦绕天涯。
风情潇洒,
都付与流水浮花。
美人绿鬓,
英雄白发,
同归虚话。
想起泪如麻,

持杯罕,
莫教月落漫嗟呀!(【中吕·古轮台】)
村落内,
集众哗。
直待要游观四下,
喜数里横塘月正佳。(【尾声】)

　　字句是那末样的典雅工丽,又是那末样的喜欢加进典故;不用说元人苍莽萧爽的优点已不复见,即嘉靖以前的清疏隽永的作风,也难再领略。散曲到此只可说是凝固时期了。

第九章
嘉靖后的吴江派

沈璟 — 王骥德 — 史槃 — 卜世臣 — 沈自晋

嘉靖以后的曲坛上，沈璟可说是最重要、最有影响的作家。他的戏曲和散曲，都是占着领袖的地位。他的剧曲与汤显祖并称，而散曲则和梁辰鱼齐名；所不同者，梁、汤均以文辞的典雅工丽见长，而他则以韵律开创了晚明剧坛专重韵律的风气。他在剧曲的一方面的同调，有顾大典、叶宪祖、范文若……诸人；在散曲上则有王骥德、史槃、卜世臣及其侄自晋。在这些人中，论才情则以王骥德最为杰出。王氏能赏识元曲，且极知南曲与南散曲之弊；故他的造诣，反驾沈璟之上。史叔考[1]师事徐文长，同时又是沈璟的私淑者。至自晋所作，尤露才情，也非沈璟"本色"一语所能范围得住，盖已私淑临川的作风了。卜大荒在沈派，最为能够"衣钵相承，尺尺寸寸，守其矩矱"，

---

[1] 史叔考　底本作"史考叔"，据《冯梦龙全集·太霞新奏》（P.44）改。下文同，不再出校记。

然而也太自苦矣。

沈璟[1]（1550—1615）字伯英，号宁庵，又号词隐生，吴江人。万历甲戌（1574）进士，任兵部主事，改礼部转员外，复改吏部，嗣因上疏请定大本忤旨，降行人司正。万历戊子（1588）升光禄寺丞，次年乞归，家居三十年始卒。天启初追赠光禄大夫。他为人谦和而干练，退隐后始肆意声伎。他深通音律，善于南曲，所编《南九宫谱》，为作曲者的南圭。他在当时影响很大，沈氏多才，作者蜂起，皆系受璟的感起者。吕天成说他：

  沈光禄金张世裔，王谢家风，生长三吴歌舞之乡，沉酣胜国管弦之籍。妙解音律，花月总堪主持；雅好词章，僧妓时招佐酒。束发入朝而忠鲠，壮年解组而孤高。卜业郊居，遁名词隐，嗟曲流之泛滥，表音韵以立防；痛词法之蓁芜，订全谱以辟路。红牙馆内，誊套数者百十章；属玉堂中，演传奇者十七种。顾盼而烟云满座，咳唾而珠玉在豪。运斤成风，游刃余地，词坛之庖丁，此道赖以中兴，吾党甘为北面。(《曲品》卷上)

沈德符也说：

---

[1] 原注：沈璟见《明诗综》卷五十。

> 沈宁庵吏部后起，独恰守词家三尺，如庚清、真文、桓欢、寒山、先天诸韵，最易互用者斤斤力持，不少假借，可称度曲申、韩。(《顾曲杂言》)

沈璟论文，每右本色，以朴质不失真为上品，以夸饰雕斫为下，在当时日趋绮丽的作风中，诚然是一位中流的砥柱。他的剧曲与汤显祖齐名，他的散曲是又与梁辰鱼并驾的作家。他在文字的一方面受着梁氏的影响，而他另一方面专求"律正"与"韵严"，却较梁更为努力。同时他又好翻北曲为南，使一时歌场繁衍南声。故他之所作，往往是"为声而发者多，为文而发者少"。这样的结果，文字受韵律的拘牵，而生气索然。这不能不说是沈氏右本色、重音律之弊。在当时为沈氏张目者，有吕天成、王骥德及沈氏诸子侄。然王作《曲律》对他已略有微词，而沈自晋《增订南九宫全谱》对沈璟原作也颇有纠正。到后来李调元《雨村曲话》，尤能洞见沈氏之弊，评他以为生硬稚率，鄙俚可笑，实非过论：

> 沈伯英审于律，而短于才，亦知用故实、用套词之非宜，但作当家本色俊语却有不能，直以浅言俚句，捆拽率凑，自谓独得其宗，号称"词隐"。而越中一二少年，学慕吴趋，遂以伯英为开山，私相伏膺，纷纷竞作，非不东钟江阳，韵韵不犯，一禀德清。而以鄙俚可笑为不施脂粉，

以生硬稚率为出之天然。较之套词故实一派，反觉雅俗悬殊，使伯龙、禹金辈见之，益当千金自享家帚矣。(《雨村曲话》卷下)

他的著述很富，除《南九宫谱》《南词韵选》外，剧曲有《属玉堂传奇》十七种，《义侠记》是著名的一种。散曲有《情痴寱语》一卷，《词隐新词》一卷，《曲海青冰》二卷。但这几种现在都不容易见到。近有新辑本《沈伯英散曲》一卷，约存小令十余首，套数三十余首，这自然只是他云龙的片鳞了。我们先看沈氏翻元曲的【八声甘州】：

> 因缘簿冷，
> 叹鸳鸯被卷，
> 枉怨银筝。
> 秦楼月影，
> 蝴蝶梦中孤另。
> 曾留汗衫余馥在，
> 漫哭香囊两泪盈。
> 柳眉鏖双峰，
> 为才子留情。(《集杂剧名翻元人吴昌龄北词》)

这种"活文字则死之，新意境则腐之"死板板的翻谱，便是伯英为人所讥议处。但他的集中也不少佳构。如：

> 一声杜宇落照间，
> 又寂寞春残。
> 杨柳帘栊长日关，
> 正梨花院落初闲。
> 风朝雨晚，
> 芳径里落红千万。
> 停画板，
> 又早见牡丹初绽。(《伤春》的【集贤宾】)

这是他俊美的例。又如：

> 昏惨惨愁城似天，
> 远迢迢长日胜年。
> 记一笑春娇面，
> 灯儿下鬓云偏，
> 急回首已茫然。(《离情》的【园林好】)

这是他凄婉的例。又如：

> 煞静悄垂杨院，

虚供养绿暗红嫣。

银钩屈曲指骈联,

淋漓红袖,

细草鸾笺。

刚删订,

相思传,

迟迟月上桃花扇。

香罗帕,

阑珊了,

旧盟新愿。

流苏帐,

冷落了,

粉露花烟。(《离情》的【浆水令】)

这倒是很工丽的。至若:

春宵多月亭,

记曲江池上,

丽日初晴。

蓝桥仙路,

裴航恰遇云英。

梦花堂畔言誓盟,

> 玉镜台前作证诚。
> 他负心几曾，
> 教鱼雁传情。（【八声甘州】）

像此词音律是非常的和谐，但一察其内容，又是那末样的平庸陈腐，王骥德说他："吴江守法，斤斤三尺，不欲令一字乖律，而毫锋殊拙。"（《曲律》）诚然，他是位过视音律而轻忽词意的曲家。他的作品除音律外，词意都不见得高明。他之在当时被称为"词家开山祖"在此，他之被人所不满也在此。

王骥德（？—1623）字伯良，号方诸生，又号秦楼外史，会稽人。他师事徐渭，与吕天成、孙日峰、孙如法（皆天成的外甥）、顾大典、史槃、叶宪祖、汤显祖诸人厚，并皆与沈璟往复讨论戏曲。他著有《曲律》《南词正韵》诸书，对于戏曲的探讨，的确有独到之处。沈璟论曲，于人颇少许可，独于伯良，极称赞他的造诣之深。他的戏曲有《题红记》《男后记》《离魂记》《救友记》《双鬟记》[1]《招魂记》六种。又曾校注《西厢记》。相传他客京都日，同好曾集于米氏湛园，邀他讲习《西厢记》。他本会稽望族（《明文授读》说他为王守仁侄），他的祖父王炉峰是一位曲家，藏元剧至数百种，所以他的成就较沈璟又为伟大。他在当时又与魏良辅齐名。《曲谱》论道：

---

[1] 双鬟记　底本作"双鬓记"，《古典戏曲存目汇考》（P.467）作"两旦双鬟"，据改。

尝谓明代曲家,最不可少者,为魏良辅与王氏两人。无良辅则今日无昆曲,即谓今日无雅乐可也。无骥德则谱律之精微,品藻之宏达,皆无一见,即谓今日无曲学可也。

他在当时确为有权威的曲家。他的散曲有《方诸馆乐府》二卷,但现已不传,其名仅见毛允遂《曲律》跋。近有新辑本《王伯良散曲》一卷,约存小令五十余首,套数三十余首。在这些作品中,他和沈璟一样的过视音律而轻忽辞意。他喜写艳情,喜集曲与翻谱,但他的成就却高出于沈璟之上。袁于令说:"至于秀丽,不得不推王伯良。"诚然,他的曲是那样的秀丽可喜。如:

> 萧萧郎马,
> 怎教人不提他念他,
> 俏庞儿怕吹破春风,
> 瘦身躯愁触损桃花。
> 不知今夜宿谁家,
> 灯火章台处处纱。(【玉抱肚】)

这曲是很工致的,而风神又是那末样的洒落,情韵更是那末样的自然,沈伯英曲中能有此气韵吗?俏庞儿一联的倒装句法,更是以前曲家所未曾尝试的技巧。他有更比此艳冶的:

> 酒阑人静,
> 漏深香细,
> 更催人移灯先睡。
> 口脂一缕俏相偎,
> 翻惊豆蔻新摧。(《赠田姬》的【琐窗寒】)

他有婉约的:

> 灯花绽,
> 蟢子飞,
> 心心盼他郎马归,
> 早起画娥眉。
> 红楼镇空依,
> 纱窗暝,
> 日又夕,
> 多管是,
> 今宵尚欠几行泪。(【锁南枝】《待归》)

　　任中敏评此曲道:"所谓哀而不伤,怨而不怒者非耶?结语照格是两句,而读者均恨不得作一句读,在'多管是'三字微顿,下面作一气,愈得缠绵之致也。"(《曲谐》卷一)这是很切当的评语。伯良长于写情,而"本色"尤佳。如:

月华偏管人孤另,
后会茫无定。
信难凭,
两处思量,
今夜私相订:
"天边见月生,
低低叫小名。
我低低叫也,
你索频频应。"(【一江风】《见月》)

又如:

才郎至,
喜倒颠,
匆匆出迎羞不前,
含笑拜嫣然。
秋波谩偷转,
你把归期误,
办取捆打先。
谁道见郎时,
都作一团软。(【锁南枝】)

在以上所举伯良的曲里,无论是秀丽的,婉约的,艳冶的……却都真切生动,足可继响青门而无愧。他不但是沈派的健者,就是嘉靖以后的散曲坛上,也是值得恭维的作家。他也喜欢集曲翻谱,例如:

> 长安远,
> 望迢迢蔽浮云不见,
> 过眼流光一剪。
> 记年时选胜,
> 六街长,
> 骤金鞯,
> 酒侣诗朋多缱绻。
> 问甚么花深柳浅。
> 狭斜到处成留恋,
> 从抛彩笔如椽。(【二郎试画眉】集【二郎神】【画眉序】二调)

这是他集曲的例。又如:

> 纱窗外鸟啼,
> 惜芳菲红作堆。
> 雕阑畔蝶飞,

恨葱茏绿渐肥。

　　宿雨恹恹初睡起，

　　不觉庭前花影移。

　　忆归期，

　　数归期，

　　梦见虽多相见稀。(【一封书】《谱诗余长相思》)

　　这便是他翻谱的例。"活文字则死之，新意境则腐之"，正是他中肯的判语。总之，伯良在明散曲坛上，自有他崇高的地位。他的集曲翻谱诸作，固不免"点金成铁"之讥，但他写情一类的小曲，是值得我们低回吟味的。

　　史槃（1530—1630）字叔考，会稽人。他和王骥德同师事徐渭。他的事迹多散见于王骥德《曲律》、冯梦龙《太霞新奏》、黄宗羲《思旧录》。他长于填词，如《鹣钗》《合纱》《双丸》(《思旧录》作《金丸》为明姚茂良撰，依《墨憨斋》订本改《双丸》)《梦磊》《樱桃》《双鸳》《李瓯》[1]《琼花》《青蝉》《双梅》《檀扇》《梵书》《冬青》十三种。他的散曲有《齿雪余香》，约存小令套数十数首。其曲以爽利工丽为宗。若【醉罗歌】《题情》，可算作爽利一类的代表作：

---

[1]《李瓯》 底本作"《挛鸥》"，据庄一拂《古典戏曲存目汇考》(P.920)、郭英德《明清传奇综录》(P.139)改。

> 难道难道丢开罢，
> 提起提起泪如麻。
> 欲诉相思抱琵琶，
> 手软弹不下。
> 一腔恩爱，
> 秋潮卷沙。
> 百年夫妇，
> 春风落花。
> 耳边枉说尽了从良话，
> 他人难靠，
> 我见已差，
> 虎狼也狠不过这冤家。

这是何等清俊爽利的作品，任中敏说："盖此一体文字，非如此一捆见痕，一鞭见血，倾筐倒箧而出不可。盖吞吞吐吐，读之令人沉闷，则何有益于曲。故当行曲家下笔，总须具有辣手。"（《曲谐》卷三）这"辣手"二字确是叔考曲的能事。至如：

> 燕解离愁，
> 莺知别怨，
> 一双宛转话江烟。
> 又恍是传消寄息，

把佳期约在明年。

怕只怕一湾流水，

半窗残月，

几村渔火，

寂寞对愁眠。(《怀清源胡姬》的【古轮台】)

秀丽中而有宛转之致，虽于王伯良之善于写情，对此恐也为之叫绝。

卜世臣（生卒未详）字大匡，一字大荒逋客，秀水人（《嘉兴府志》作字蓝水）。他性磊然不谐俗，日扃户著书。所著有《乐府指南》《卮言》《多识编》及《山水合谱》等。他的传奇有《冬青记》《乞麾记》二种，今皆不传，但据《曲海提要》及《曲品》所载，《冬青记》系写宋义士唐珏葬宋帝骨殖事，以陶宗仪所作的《唐义士传》为本，歌词悲愤激烈。相传：

檇李屠宪副于中秋夕，帅家优于虎丘千古石上演此，观者万人，多泣下者。(《曲品》)[1]

他和吕天成是最服膺沈璟的。王骥德说：

---

[1]《曲品》 底本作"《品曲》"，据该著书名改。

> 自词隐作词谱，而海内斐然向风。衣钵相承，尺尺寸寸，守其矩矱者二人，曰吾越郁蓝生（吕天成的号），曰檇李大荒逋客……而大荒《乞麾》（叙杜牧恣情酒色事），至终帙不用上去叠字，然其境益苦而不甘矣。（《曲律》）

他在当时有"博雅名儒，端醇吉士"之称。当时的曲家如范文若、袁晋、冯梦龙、吕天成……都很推重他。他的散曲有新辑本《卜大荒散曲》一卷，约存小令与套数二十余首。我举他一首作例：

> 拔起龙泉，
> 偷瞧半晌。
> 刚肠，
> 笑依然击筑狂。
> 流光，
> 活埋杀执戟郎。（【月照山】）

这首倒很能够表示出作者的愤慨的感情来。与大荒交厚，同师事沈璟的吕天成字勤之，号郁蓝生，别号棘津，余姚人。祖母孙氏喜藏书，所收古今戏曲甚多。他作《双栖》《双阁》《四相》《四元》《神剑》《二窑》[1]《神女》《金合》《戒珠》《三星》诸记及其他小剧凡二十三种。他又著《曲品》，品评自元末至当时的戏文，在文坛上极有声誉，至今流传不朽。这书与王骥德的《曲律》(《曲品》论剧情，《曲律》论作法)并称为论曲的双璧。

沈自晋(1580—1660)字伯明，晚字长康，号鞠通生，吴县人。他系沈璟之侄，袁于令之友，当汤显祖以"才情"、沈璟以"本色"对峙曲坛上时，他独调和于汤沈两家间，用精严的音律，驭俊艳的辞采。他和袁于令同是明末曲坛上主要的作者。假如我们说袁于令是明末梁辰鱼派的"健将"，则自晋可说是沈璟一派的"异军"。范文若说"新推袁沈擅词场"，袁即是于令，沈即是他。沈自友《鞠通生小传》云：

> 海内词家，旗鼓相当，树帜而角者，莫若吾家词隐先生与临川汤若士先生。水火既分，相争几于怒詈。生蝉缓其间，锦囊彩笔，随词隐为东山之游。虽宗尚家风，著词斤斤尺蠖，而不废绳简。兼妙神情，甘苦匠心，朱碧应度，词珠宛如露合，文冶妙于丹融。两先生亦无间言矣。(此传附《重定南九宫词谱》后)

这把自晋的立场写得很明白。不仅自晋一人如此，明末的

---

[1]《二窑》 吴书荫《曲品校注》(P.434)作"《二姪》"。

诸大家,殆无不是秉用沈谱,而追慕汤词的。自晋所作传奇,有《望湖亭》《翠屏山》《耆英会》三种。他的散曲有《鞠通乐府》三卷。[1] 他有散曲道:

> 论散曲是传奇余响,
> 怪刊行亥豕荒唐。
> 镌成又恐非时尚,
> 将掩卷案头藏。
> 只得把连篇套数供丝竹,
> 撇下清歌小令腔。
> 前摹足仿,
> 曷不敢南词韵选,
> 照式端详。(【仙吕·解酲乐】)

他这曲是不应该忽视的,"镌成又恐非时尚",可知散曲到了晚明已达到"日落西山"的时候。不但作散曲的日少,就是一般的民众们,也正在狂热地欢迎用昆腔写作的剧曲,而不再喜欢散曲了。虽然散曲在清代也还孕育了许多的作者,但散曲的黄金时代是在元明,并不是清代了。

至说到自晋散曲的作风,大约可以分为两种:一是秀丽的,

---

[1] 原注:《鞠通乐府》有明刊本。

一是悲壮的,其关键就在明室的存亡。前一种的写作多在明代,后一种的便到了明亡了。例如:

> 草绿平堤雨新添,
> 楼外斜阳拂翠帘,
> 花明春晕小眉尖。
> 无情会把多情闪,
> 七宝香车皆卷帘。(【懒画眉】)
> 相思人本自双,
> 人未必双思想。
> 两下里难凭,
> 这相字儿浑无当。
> 谅他情有尽头,
> 只俺意终难放。
> 这独自个牵思,
> 说单字才非谎。
> 这单相思分明另是个相思样。(【金梧桐】)

他和王骥德一样的爱写情词,而字句又是那末样的秀丽典雅,音韵更是那末样的和谐自然,这大概就是他络绎汤(若士)沈(伯英)二家间的"以精严的韵律,驭俊艳的曲采"作品吧。至他后一种作品的例,像:

西山薇苦，

东陵瓜隽，

孤竹千秋难践。

青门非旧，

萧条故苑依然。

雪径迁，

云根变，

望垂虹驿路谁传？

愁的我寒烟宿雨残兵燹，

愁的我衰草斜阳欲暮天。

江山千古，

波萦翠镌，

兴亡一旦。

歌狂酒颠，

挥毫写不尽登楼怨。（【六犯清音】）

　　他这是满载着亡国之恨的。自晋之生正是汤沈分霸曲坛的时代，他的活动期约在天启、崇祯间，明亡后，他归隐吴江。顺治十六年（1659）郑成功率兵攻瓜州时，袁于令适在杭，闻乱归南京视家族，路过吴江，访沈自晋，互叹衰老，他这时已是七十余岁的人了。

第十章

梁沈以外的曲派

施绍莘 — 徐石麒 — 刘效祖 — 朱瞻基 — 赵南星

明嘉靖以后的散曲坛上,差不多可说是梁(辰鱼)沈(璟)两派的分霸。在当时的许多散曲家们,不是追慕梁派的"典雅",便是醉心沈派的"本色"。这些人无不为梁沈所范围而谨守着梁沈的尺䂓不敢远隔一步。但这时也未尝没有天才的作家,特立于两派之外,与梁沈俨成鼎足之势,这便是《花影集》的著者施绍莘。施氏之曲派,乃融元人之"豪放"与"清丽"而以"绵整"出之,散曲到此可以说是"集大成"——发展到最高的领域。施氏以后,便无复能继其业的了。虽然清人赵庆熺《香销酒醒曲》差可继响《花影》,但散曲的怒潮已经成了过去,赵氏也不过残蝉的尾声而已。再者,江都徐石麒之所作,也未为梁沈所范围。《词脔》的作者刘效祖颇以"小曲"名。为叙述之便,将刘效祖及明小曲家朱瞻基、赵南星诸人附于施氏之殿。

施绍莘[1]（1581—1640）字子野，号峰泖浪仙，华亭人。少负隽才，后屡应乡试不第，乃作别业于泖上，又营精舍于西佘，极烟波花药之美。时陈眉公居东佘，管弦书画，兼以名童妙妓，来往嬉游，故自号浪仙。他尝自道其山水之缘：

> 予烟霞痼疾，出于性成。犹记五六岁时，便喜种植，以盆为苑，以盏为池，竟日徘徊，欣然如有所得。七岁就塾师，或迁延避学，无他嬉也，止游嬉于花草间耳。既壮诱慕日增，时寄情于诗酒声色，要以铺衬林泉，未尝忘本也。丙辰冬，始营西佘别业，遂为先人卜宅，盖便为予归骨地矣。己未秋复移家圆泖滨……每春秋则居山，享桃梅桂兰之奉，览烟云月露之奇；冬夏则居水，长禾黍鸡豚之社，乐池潭风雪之观。（《泖上新居自跋》）

他是位享乐的人，他的居处极风物之美。他所作散套《泖上新居》后，有顾彦容的跋，曾记着子野居处的胜概：

> 子野……因营先公莵裘于西佘，遂葺就麓新居：斋曰三影，亭曰众香，庵曰秋水，楼曰罨黛，曰妍隐；轩曰语花，曰聊复。更有竹间水上，西清茗寮，一灯十笏诸胜……

---

[1] 原注：施绍莘见《明词综》卷五。

抵山之峻绝处，肯堂三楹，扁曰春雨，曰诗境，曰太古斋。

他的山居的生活怎样：

居山中，雨不出，风不出，寒不出，暑不出；贵客不见，俗客不见，生客不见，意气客不见。凡四时风景及山水花木之胜，皆谱撰小词，教山童歌之。客至出以侑酒，兼佐以箫管弦索，花影杯前，松风杖底，红牙隽舌，歌声入云，亦甚足为耳轮供养矣。更作一钓船曰随庵。风日和美，一叶如萍，半载琴书，半携花酒，红裙草衲，名士隐流，或交舄并载。每历九峰，泛三泖，远不过西湖、太湖而止，所得新词，随付弦管，兴尽而返，阖门高卧。(《西佘山居记》)

他又写山居之乐道：

岁聿云暮，日月就除，农事已休，春耕初起，纸窗明暖，柏影萧疏，雪月灯荧，夜帏茶熟。此时一盆火，一瓶花，煨芋数头，家人姬侍相与守岁围炉，烧枣焚栗，检点一年区处，花月几何，逋欠诗酒债若干。更以文心之波，旁及声律，令小童歌自制新词一两章，觉枯寂之气，一时遣去，须眉毫发，皆温温然有生意，此山翁极风致极快乐事也。

（《甲子除夕曲》跋）

子野于园林山水外，尤好酒色。陈眉公尝赠以诗云："人拥如花香国近，酒逢敌手醉乡宽。"包穉先说他："子野情根引蔓，随地下种。"（跋子野的《祝如姬初度》）他自己也尝有诗道："从来江海泪花成，自古乾坤情字里。"都可为证。他是位酒色的狂好者，"蝴蝶一生花里"，他也许就这样的颓废着享乐过了一生。他的散曲集有《花影集》四卷[1]，共存套数八十六首，为明人专集中套数最多者。小令七十二，在集中尚未满一卷。他的曲陈眉公最能赏识："子野词太俊，情太痴，胆太大，手太辣，肠太柔，舌太纤，抓搔痛痒，描写笑啼，太逼真，太曲折。"（《花影集》序）眉公之所以赞子野者语语中肯，我们可就《花影集》分为下列四类。一俊逸的：

新篁恰将空地补，
柳根芳草藏鱼，
见轻鸭浮来随意住，
绿波波细草新蒲。
水窗烟户，
在楝树乱花飘处。

---

[1] 原注：《花影集》有明崇祯刊本，有《散曲丛刊》本。

天欲雨,
听隔岸伏鸠呼妇。(《园林初夏》的【集贤宾】)
水际幽居疑浮岛,
结构多精巧。
垂杨隐画桥,
转过湾儿,
竹屋风花扫。
门僻是谁敲?
卖鱼人带雨提到。(《泖上新居》的【步步娇】)

又如:

水到芙蓉斜照,
更半黄银杏,
低罩团瓢。
豆棚篱落野花妖,
纸窗灯火秋蛩叫。(《村居九日》的【皂罗袍】)
水上人家,
漠漠池塘十里蛙。
门临坝,
疏篱曲曲带榴花。(《村居午日》的【不是路】)

陈仪泰所谓"眼前景物,拈来便妙,而韵致遒逸"实为的评。在元明的散曲中,我们看到的,无非描情写意的文字,而能以散曲描写田园风景的作品尚少,读子野这些文字,如看范成大、杨万里诸人的田园诗,竹篱茅舍,豆棚瓜架,山花野草……一切自然界奇异而伟大的景物,都到子野曲里了。二哀艳的:

> 意中人去,
> 眼中人泪,
> 伤心荒草新坟,
> 肠断乱鸦枯树。
> 想今番别离,
> 郎尽相思为你,
> 你便相思无据。
> 竟谁知,
> 烛灰眼下空含泪,
> 蚕老心中枉挂丝。(《悼亡姬为彦容作》的【桂枝香】)

又如:

> 乍飞来百子帏前,
> 又悠扬秋千绳底。

正池塘微涨,
野花铺苶。
只见嫌红细打,
妒白轻敲,
赚杀桃和李。
陌头新绿也与门齐,
叹滚滚风流趁马蹄。
留不住,
推不去,
有人妆罢高楼里。
怀花梦,
哭花诗。(《杨花》的【梁州序】)
一片片一片片芳菲哄人,
一点点一点点东君负心,
作践韶华直恁!
子规啼一声,
撩乱古坟荒径。
几回风雨,
知多少蕡葬芳魂。(《惜花》的【滴溜子】)

他这一类的曲在《花影集》中最多而最为出色。"哀艳凄楚"更是子野所独擅,盖已下导清赵庆熺诸人的先路了。三浑雄的:

虎踞龙蟠，
看江山妍秀，
古今都会，
人间事，
日夜潮来潮去。
兴废，
楚楚衣冠，
扰扰干戈，
纷纷宅第。
如沸，
今做了草头烟，
寻得个断碑无字。(《金陵怀古》的【双调·夜行船】)

又如：

阴晴，
万古这冰轮不改，
凭人覆雨翻云，
欲向吴刚求利斧，
劈开懵懂乾坤。
休诨，
一点山河，

三千世界,
人间万事总虚影。
多管是清光夜夜,
照不分明。(《月下感怀》的【念奴娇序】)

慷慨悲壮的东西,在子野的集中是很少的。因为压根儿他不是"大江东去"的豪放派,乃是位低吟着"晓风残月"的同调。四爽利的:

没人庭院种芭蕉,
惨模糊隔窗烟草。
引凄凉来枕畔,
欺命薄上花梢。
急打轻敲,
乱洒斜飘,
总送个愁来到。(《夜雨词》的【新水令】)
一声声窗外潇潇,
鸡也胶胶,
漏也寥寥,
竹也萧萧,
树也摇摇。
怎消得帘衣袅袅,

> 窗纸条条。
> 扯淡的把香也烧烧，
> 棋也敲敲，
> 书也裛裛，
> 灯也挑挑。(《夜雨词》的【折桂令】)

这种爽利的曲子，子野每优为之。若以元明作家为喻，则他这类的颇接近关汉卿与冯惟敏。至老辣的：

> 怎车干恩爱河，
> 推不动相思磨。
> 祆庙烧完，
> 渐近蓝桥路，
> 今朝出网罗，
> 到凤凰窝。
> 争气潘郎成就奴，
> 羞惭了搬唆诽谤销金口，
> 涂抹了长短方圆画饼图，
> 从今啊，
> 刀山变作软衾窝。
> 真个是悲处欢多，
> 况更是欢处欢多，

把欢字浑身裹。(《合镜词》的【金索挂梧桐】)

又如：

且寻一个顽的耍的真知音风风流流的队，
拉了他们俊的俏的做一个清清雅雅的会。
拣一片平的软的衬花茵香香馥馥的地，
摆列着奇的美的趁时景新新鲜鲜的味。
兀的便醉杀了人也么哥，
兀的便醉杀了人也么哥，
任地上干的湿的浑帐啊便昏昏沉沉的睡。(《春游述怀》的【叨叨令】)

我们在论子野的曲中，说他包含着俊逸、哀艳、雄浑、爽利、老辣诸优点。但前四点在明人中能者殊不少，独"老辣"一层，明人除冯海浮外差可与比肩者，要为子野所独擅了。

《花影集》最以散套擅长，吴瞿盦先生推为明代一人。至他的小令在明人中也属上乘。咏物的如：

水仙可怜潮嫩脸，
姊妹偷携伴。
牵丝意绪多，

> 落瓣衣裳换,
> 晚妆出来全带软。(【清江引】《咏荷》)
> 仙妃化身生小苑,
> 未了尘凡愿。
> 探头欲语谁,
> 障叶还羞面,
> 横塘夜凉郎信远。(【清江引】《咏荷》)

"探头"二句,憨柔顽艳,接语风神摇荡,娟蒨绝尘。子野《咏荷》诸曲,在明人咏物之中,自是化境。至写情的如:

> 风卷杨花,
> 点点飞来蘸绿纱。
> 衣带松来怕,
> 得似前春么?
> 嗏,
> 泪眼问东风,
> 没些回话。
> 教着鹦哥,
> 也把东君骂,
> 一半嗔他一半耍。(【驻云飞】《春恨》)
> 恩情不教人当耍,

> 这几日何为者？
> 情知有归去时，
> 却现怕分离夜。
> 且含着泪花儿，
> 把相思句儿胡乱写。（【清江引】《别思》）

这曲颇与贯酸斋相近，贯曲《塞鸿秋》结句云："今日个病恹恹刚写下两个相思字。"正与此曲结句相同。至前曲《驻云飞·春恨词》效青门体"泪眼问东风，没些回话，教着鹦哥，也把东风骂"，尤极顽艳之至。"泪眼莫听鹦鹉骂，扶将花影问东皇。"（卢冀野《论曲绝句》）此体青门导其先声，子野为其后劲，后人效之，遂不免流入柔靡之境。

徐石麒[1]（生卒未详）字又陵，号坦庵，江都人。[2] 他为人沉默寡言笑，而精研名理，因遭明季兵乱，不出应试，以诗酒自遣。阮元《广陵诗事》曾记他道：

> 徐石麒北湖人……工于词曲，每成一曲，高吟令女延香听之。有不合声律处，延香为之正拍。延香名元端，有《绣余吟诗》一卷，王文简（渔洋山人）《池北偶谈》称其入李易安之室。（《广陵诗事》卷九）

---

[1] 原注：徐石麒见《广陵诗事》卷九。
[2] 按，徐石麒，《全明散曲》未收，《全清散曲》收录。

我们所知道徐石麒的事迹，止此而已。他的散曲有《黍香集》三卷，今约存小令五十首左右，套数八首，在明末清初的曲坛上，剧曲方面是汤（显祖）沈（璟）的争霸，散曲方面梁（辰鱼）沈（璟）的割据。石麒虽然是这潮流时代的人物，但他的作风却不为梁沈所范围，而自创清新隽美的风趣，这是很可注意的。例如：

帘外晴丝萦落霞，
莺声里九十韶华。
柳色才眠，
杏花初嫁，
听不得玉鞭嘶马。（《冶游曲》的【夜行船】）

这种秀丽的句子即置之施子野《花影集》中，也是上乘的文字。又如：

饶一寸眉间皱，
近看来好事多。
拂藤床头枕着莺声卧，
卷湘帘怀抱着青山坐，
靸芒鞋手曳着东风过。

>　任天公颠倒是[1]非多，
>
>　眼惺惺一抹都瞧破。(【寄生草】)

清新隽美，的是元人遗音。在此讲求音律、锻炼字句的晚明曲坛，像石麒一样的清新文字，使人精神为之一振。他的词曲，有《坦庵词曲六种》(二种是词，四种是杂剧)。

刘效祖[2]（生卒未详）字仲修，别号念庵，滨州（一说宛平）人。嘉靖庚戌（1550）进士，后官至陕西按察副使。《武定明诗钞》曾引《明诗综诗话》记其逸事云：

> 副使负经世略，坐计吏罢官，寄情词曲，所填小令，可入元人之室。穆宗尝遣中使索其题册，呼曰"念庵"，念庵，副使别字也。因赋诗云："更生双鬓已萧骚，敢谓文章擅彩毫。过误偶承明主问，因缘不是郁轮袍。"人传其事，以为列朝所未有。

他的著作很多，计散曲有《短柱效颦》《莲步新声》《都邑繁华》《闲中一笑》《混俗陶情》《裁冰剪雪》《良晨乐事》《空中语》诸集。但这些集现均不存，只存后人所搜辑的《词脔》[3]

---

[1] 是　底本作"事"，据《全清散曲》(P.121)改。
[2] 原注：刘效祖见《武定明诗钞》卷一。
[3] 原注：《词脔》有康熙九年刊本。

一卷。他所作北词，盛传一时，而小曲尤为当行。如：

> 日初长柳丝绽黄金模样，
> 雨才过桃杏花扑面清香。
> 卖花人一声声唤起怀春情况。
> 蝴蝶儿争新绿，
> 双燕儿闹雕梁。
> 打点出那小扇轻罗也还要去流水桥边赏。（【挂枝儿】）

又如：

> 我教你叫我一声儿你只是不应，
> 其实你不等说就叫我才是真情。
> 背地里只有你共我还推甚么佯羞佯性？
> 你口儿里不肯叫，
> 想是心儿里未必疼，
> 你若是有我的在心儿里也为甚么开口难得紧？（【挂枝儿】）

像这些小曲，写景描情却能入微，无怪乎【挂枝儿】【打枣竿】……能独盛一时了。在明代的曲家中，作小曲最多者除刘效祖外，尚有朱瞻基（明宣宗）[1]（1398—1435）、赵南星（1550—1627）二人。朱有《御制乐府》一卷，见《千顷堂书目》。《徐氏笔精》内叙他所作小曲【寄生草】两支，颇为名贵。其一云：

> 赛烂熳三春景，
> 称清和四月天。
> 绿杨烟罩绒丝线，
> 彩莲水映红妆面，
> 翠芭蕉风飐青萝扇。
> 林泉尽日好留连，
> 池塘长夏宜清遣。（【寄生草】）

其二云：

> 有馥郁荷香度，
> 看微茫野色连。
> 几行鹭印平沙遍，
> 一群鱼跃清波浅，
> 数声樵唱西山远。

---

[1] 原注：明宣宗见《明史》卷九。

茸茸芳草紫骝嘶，
阴阴乔木黄鹂啭。(【寄生草】)

论者以宣宗此二曲与宋徽宗《燕山亭》并传千古了。赵字梦白[1]，号清都散客，高邑人，为明"东林党"中重要人物之一。当时以他与邹元标、顾宪成，比于汉季的"三君"。他的散曲有《芳茹园乐府》一卷，其中也颇多小曲。如：

俏冤家我咬你个牙厮对。
平空里撞着你，
引的我魂飞。
无颠无倒，
如痴如醉。
往常时心似铁，
到而今着了迷，
舍死忘生只是为你。(【劈破玉】)

朱、刘、赵三家外，在明代大散曲家如康海(【月云高】)、冯惟敏(【玉胞肚】)、陈铎(【风入松】)、沈仕(【锁南枝】)、梁辰鱼(【驻云飞】)、王骥德(【锁南枝】)、施绍莘(【驻云

---

[1] 原注：赵南星见《明史》卷二百四十三，《明词综》卷四。

飞】)、冯梦龙(【江儿水】)诸人，也都有小曲传世，可知"小曲"在明曲坛上是不可忽视的一种"新诗体"。所以明卓珂月说："我明诗让唐，词让宋，曲让元，庶几'吴歌'【挂枝儿】【罗江怨】【打枣竿】【银绞丝】我明一绝耳。"(陈宏绪《寒夜录》引)

附录

研究散曲重要参考书

（一）总集及选集类

《阳春白雪》十卷　元杨朝英辑，至正初刊本，有《散曲丛刊》本（前集五卷，后集五卷，补集一卷）。

《朝野新声　太平乐府》九卷　杨朝英辑，至正十一年刊，有《四部丛刊》本。

《乐府群玉》五卷　无名氏辑，明抄本，有《散曲丛刊》本［旧题胡存善选（？）附录一卷］。

《乐府新声》三卷　无名氏辑，旧抄本，元刊本。

《新编南九宫词》八卷　明蒋孝辑，明刻本。

《盛世新声》十二卷　明无名氏辑，有正德十二年刊本，有万历间翻刻本。

《词林摘艳》十卷　明张禄辑，嘉靖四年刊。

《雍熙乐府》二十卷　明郭勋辑，嘉靖十九年刊，有《四部丛刊续编》本。

《南词韵选》十九卷　明沈璟选，万历刊。

《北宫词纪》六卷　明陈所闻辑，万历三十二年刊。

《南宫词纪》六卷　明陈所闻辑，万历三十二年刊。
《词林逸响》四卷　明许宇辑，天启三年刊。
《太霞新奏》十四卷　明顾曲散人辑，天启七年刊。
《青楼韵语广集》八卷　明方悟辑，崇祯四年刊。
《白雪斋选订乐府吴骚合编》四卷　明张旭初辑，崇祯十年刊。
《彩笔情词》十二卷　明张栩辑，明天启刊。
《吴骚集》四卷二集四卷　明张琦辑，明刻本。
《吴骚萃雅》四卷　明周之标辑，明万历刊本。
《增订乐府珊珊集》四卷　明周之标辑，明崇祯刊本。
《南音三籁》四卷　明凌濛初辑，清康熙刊本。

（二）别集类

《东篱乐府》一卷　元马致远撰，有《散曲丛刊》本。
《梦符散曲》二卷　元乔吉撰，有明隆庆刻本，有《散曲丛刊》本。
《小山乐府》六卷　元张可久撰，有隆庆刊本，有《散曲丛刊》本。
《云庄休居自适小乐府》元张养浩撰，有明成化刊本。
《酸甜乐府》二卷　元贯云石、徐再思合撰，有《散曲丛刊》本。
《笔花集》二卷　明汤式撰，明抄本。

《周宪王诚斋乐府》一卷　明朱有燉撰，有明宣德九年刊本。

《沜东乐府》二卷补选一卷　明康海撰，有明嘉靖间刊本，有《二太史乐府联璧》本，有《散曲丛刊》本。

《碧山乐府》二卷　明王九思撰，有明嘉靖十二年刊本。

《王西楼先生乐府》一卷　明王磐撰，有嘉靖刊本，有《散曲丛刊》本。

《南峰乐府》一卷　明杨循吉撰，有抄本。

《写情集》二卷　明常伦撰，明刻本。

《乐府余音》一卷　明杨廷和撰，明嘉靖刊本。

《陶情乐府》五卷续四卷　明杨慎撰，有明嘉靖刊本。

《杨夫人词曲》五卷　明杨慎妻黄氏撰，明万历刻本。

《江东白苎》二卷续二卷　明梁辰鱼撰，有明刻本，有《曲苑》本。

《唾窗绒》一卷　明沈仕撰，有新辑《散曲丛刊》本。

《海浮山堂词稿》四卷　明冯惟敏撰，有明嘉靖刊本，有《散曲丛刊》本。

《萧爽斋集》二卷　明金銮撰，有万历刊本。

《秋水庵花影集》四卷　明施绍莘撰，有清初刻本，有《散曲丛刊》本。

《鞠通乐府》三卷　明沈自晋撰，有明刊本。

(三)评论及研究类

《录鬼簿》元钟嗣成著,有《楝亭十二种本》,有《王忠悫公遗书》本。

《续录鬼簿》明贾仲明著,有天一阁抄本。

《太和正音谱》二卷　明朱权编,有洪武间刊本,有《涵芬楼秘笈》本。

《散曲概论》一卷　任讷著,有《散曲丛刊》本。

《曲谐》四卷　任讷著,有《散曲丛刊》本。

《曲雅》(附《论曲绝句》)卢前著,开明书店影蜀刻本。

本次整理征引文献

《元刊杂剧三十种》,《古本戏曲丛刊四集》影印元刊本。

隋树森编:《全元散曲》,中华书局1964年版。

谢伯阳编:《全明散曲》,齐鲁书社1994年版。

郭勋编:《雍熙乐府》,《续修四库全书》编纂委员会编《续修四库全书》第1741册,影印明嘉靖四十五年刻本,上海古籍出版社2002年版。

李开先著,卜键笺校:《李开先全集》,上海古籍出版社2014年版。

吕天成撰,吴书荫校注:《曲品校注》,中华书局1990年版。

魏同贤主编:《冯梦龙全集》,江苏古籍出版社1993年版。

凌景埏、谢伯阳编:《全清散曲》,齐鲁书社1985年版。

刘士珩编订:《汇刻传剧》,暖红室清末刊本。

吴梅著,王卫民校注:《吴梅全集》,河北教育出版社2002年版。

任中敏编著,曹明升点校:《散曲丛刊》,凤凰出版社2013年版。

郑振铎:《插图本中国文学史》,北平朴社出版部1932年版。

卢前:《卢前曲学四种》,中华书局2006年版。

卢前著,苗怀明整理:《卢前曲学论著三种》,商务印书馆2014年版。

中国戏曲研究院编:《中国古典戏曲论著集成》,中国戏剧出版社1959年版。

庄一拂编著:《古典戏曲存目汇考》,上海古籍出版社1982年版。

王秋桂主编:《善本戏曲丛刊》,台湾学生书局1984年版。

俞鹿年编著:《中国官制大辞典》,黑龙江人民出版社1992年版。

郭英德编著:《明清传奇综录》,河北教育出版社1997年版。